山花烂漫丛中笑

张富生　王可　著

远方出版社

图书在版编目 (CIP) 数据

山花烂漫丛中笑 / 张富生，王可著 . -- 呼和浩特：远方出版社，2019.9
ISBN 978-7-5555-1248-6

Ⅰ．①山… Ⅱ．①张… ②王… Ⅲ．①长篇小说 – 中国 – 当代 Ⅳ．① I247.5

中国版本图书馆 CIP 数据核字 (2019) 第 191550 号

山花烂漫丛中笑
SHANHUA LANMAN CONGZHONG XIAO

作　　者	张富生　王　可
责任编辑	云高娃　武舒波
责任校对	云高娃　武舒波
装帧设计	韩　芳
出版发行	远方出版社
社　　址	呼和浩特市乌兰察布东路 666 号　邮编 010010
电　　话	（0471）2236473 总编室　2236460 发行部
经　　销	新华书店
印　　刷	内蒙古爱信达教育印务有限责任公司
开　　本	145mm×210mm　1/32
字　　数	150 千
印　　张	6.5
版　　次	2019 年 9 月第 1 版
印　　次	2019 年 9 月第 1 次印刷
印　　数	1—1 500 册
标准书号	ISBN 978-7-5555-1248-6
定　　价	38.00 元

如发现印装质量问题，请与出版社联系调换

一

一杨村那片无人居住的老宅子的屋顶上，杨水冰趴在其中一个屋顶的屋檐边，手在檐下的缝洞里掏摸着，听到洞里的小鸟惊慌地叽叽叫着。妹妹杨晶玉在院子外仰头盯着哥哥，心里急得像猫抓心似的，扬着小脸冲着哥哥大声嚷嚷："哥！你下手快点！快点！别让鸟鸟跑了。"

杨水冰笑眯眯地对她说："你哥办事哪里有漏！放心！别瞧不起人！"说着，他小心翼翼地从洞里拖出一个绒草编织的鸟窝来，窝里有两只小鸟张着黄黄的大嘴惊慌地叫着，一只羽毛已长全，一只光着屁股没长一根毛。晶玉一看见小鸟高兴得直蹦："哥！快给俺快给俺！"

水冰笑道："俺给你扔过去，你能接住？摔死小鸟你赔？真是的！下了房都归你。"

说着水冰爬起来,顺着房檐走到院墙上,又从墙上走到缺口处,一下子跳到妹妹面前。晶玉伸手去接鸟窝,水冰虚晃一枪,绕过晶玉快步跑走了。

晶玉抬腿便追,嘴里嚷着"坏哥哥!俺回去就对奶奶说你欺负俺。让奶奶骂你!"

"俺才不怕奶奶骂呢!"水冰手里晃着鸟窝对她炫耀着,倒退着走着,大声笑着。

晶玉心里急,大步急追,脚下不知被什么绊了一下,摔了一嘴泥,哇哇大哭起来。

杨水冰赶忙跑过来一手搀起妹妹,一手将鸟窝塞到晶玉手中,说:"你急个甚劲呢?哥有甚好东西不紧着你?急成个这样子!"

晶玉哭着说:"都怪你!是你让俺摔成这个样子的。俺回去跟奶奶说,看奶奶不骂你才怪呢。哥哥欺负妹妹,看!裤子都摔破了。呜呜呜!"

"好了好了!鸟鸟都给你了,你还哭甚?不要哭了。"

"就要哭!俺腿疼呢!"

"俺服了你了。就轻轻摔一下哭个没完,行行行!俺背你总行了吧。"水冰说着蹲到晶玉前面。晶玉趴在哥哥的背上,止住哭声。

水冰背起晶玉走起来,笑道:"你也太会装样了。背着就不哭了?告诉你,回去不许告诉奶奶!听到没有?"晶玉抹把泪,看着鸟鸟说:"俺没听见。背着俺也要说给奶奶。"

水冰扭头说:"对奶奶说,你就下去。不背你了。"

"不下！你走快些就不告诉奶奶。"说着，晶玉偷偷抿嘴一乐。水冰看到了，他也偷笑一下，向上撅撅妹妹回家了。

水冰家在村子西头，是个典型的庄户人家的院子。一明两暗的北房三间，东西房各两间，南面是两大间的厦，西南角是厕所。院子很大，一进门种着一棵很大的苹果树，树上结满了果实。树的一边种着几畦菜，红的黄的西红柿，长长的绿黄瓜，紫色的大茄子，看着喜人。往北是一架葡萄树，长得格外茂盛。粗长的枝条布满了树干搭成的棚子，形成一个阴凉的葡萄棚。棚下摆张饭桌，四把椅子，棚里吃饭时，抬眼就是让人垂涎欲滴的串串葡萄。看得人酸水直流，胃口大开。

兄妹俩一进院子，水冰就从妹妹手中接过鸟窝，钻进他住的西屋。晶玉则抹抹眼睛，进了北屋。奶奶瞅瞅晶玉说道："你这是咋啦？弄一身土灰？一大早就和你哥疯跑去了。没有一点女孩子家的样子！裤子也摔破了！咋弄得？"

晶玉回答奶奶说："奶奶！俺可没疯跑。俺哥领俺去旧院子了。还给俺掏了两只小鸟鸟呢。俺追俺哥要鸟鸟，摔倒把裤子摔破了。"

"就知道你们不干好事！奶奶早告诉你们不许掏小鸟，你们就是不听？掏鸟窝是缺德的坏事情。会遭天谴，会遭报应的！你们咋这么不懂事！这么不听话？！"

"都是俺哥掏的！俺又没叫他去掏鸟鸟。俺只说听到老院子里有鸟鸟叫来着。是哥不听话！早早就拉着俺去掏鸟鸟。"

奶奶笑起来，说："你倒推个干净。坏事都是你哥做的。小丫头片子！你不说有鸟叫你哥能去掏鸟窝？你哥为你甚事不敢做呢？"

这时，水冰捧着一个方便面桶过这屋里来。桶里的小鸟叽叽地叫着。

水冰嘻嘻地笑着说："晶玉，给你的小鸟。这个就当鸟窝了。等鸟鸟长大了，哥给换个鸟笼。哥在这儿放了水，可以泡小米，你用苇子篾挑上，喂小鸟吃。"

晶玉赶紧接过来，胖嘟嘟的小手拈起苇子篾，喂起了小鸟。

奶奶严肃地教训水冰说："水冰啊！奶奶没对你说不许掏鸟窝吗？你咋就是不听！伤天害理的坏事你非做！你还拉着妹妹。你想你爹娘出去打工，你和妹妹难受不？你还不是因为这样才特别亲妹妹，宠妹妹吗？小鸟离开它的父母难受不难受？老鸟没了小鸟更难受哩。看来就得让爷爷打得你屁股开花，你才能记住！"

晶玉说："奶奶，哥老是没记性！"

水冰指指晶玉，然后嬉皮笑脸的给奶奶做了个鬼脸。他心里一点都不怕，因为奶奶从来没有打过他。只是在小时候，奶奶叫爹打得自己屁股疼得坐不下来。爷爷也打过，但不疼。他说："奶奶！俺以后不敢了。你不用叫俺爷爷打，俺自己改，保证以后不犯错误，不惹你们生气，再说奶奶你真舍得让爷爷打俺？奶奶不是这样狠心的人！是吧！奶奶俺去马奶奶家看看去。一会回来。"说完迈腿出门跑走了。

奶奶打心里笑着，自言自语说："这个机灵鬼真拿他没办法，能猜到奶奶的心思呢。"说着向门外走去。

"奶奶！奶奶！"晶玉喊住她。"奶奶，为甚不长毛的鸟鸟吃食，长毛的鸟鸟不吃食？"

奶奶回头告诉她："长毛的鸟鸟大了，知道不是它的爹娘喂的食，所以不吃，这大鸟鸟气性大，会把自己饿死呢。你说你们是不是造孽呢！"

晶玉扑闪着大眼睛瞅瞅奶奶。说："要不哥哥回来，俺让他把鸟鸟放回去，好不好？"

"晚了！老鸟会闻到鸟鸟身上的生人味。它就不喂鸟鸟食了。有的老鸟甚至会再也不进窝里了。"

"啊！那小鸟鸟会饿死呀？"晶玉的两只大眼睛眨巴眨巴，脑筋在想在转。

"是啊！奶奶不让你们掏鸟窝，就是为了这呢。你们这是害了小鸟鸟哩。"

"奶奶，俺不想让小鸟鸟死，它们多可爱呀。"晶玉可怜兮兮地望着奶奶，心里真难受。

奶奶看着晶玉的样子，心里不落忍，可也没办法，说："你这样吧。一手用食指和拇指捏开鸟鸟的嘴，一手用苇篾喂，看行不行。喂惯了，兴许鸟鸟就吃食了。"

说完奶奶出门了。

晶玉把桶窝放到炕沿上，两手按奶奶教的办法喂鸟鸟吃饭。两只小鸟鸟叽叽地叫着，一定是在叫它们的父母，在哭诉失去爹娘的凄苦呢。

杨水冰沿着村里的小路，一溜小跑来到马奶奶家。马奶奶是五保户，无儿无女，老伴十年前去世了，她一个人独居在自

山花烂漫丛中笑 \ 5

家老院子里。所幸的是身子骨硬朗结实,八十岁了,老人耳不聋眼不花,还能做饭、洗衣自理呢。院子里早年种的四棵名为五月鲜的杏树,杏儿早已下完了,剩下一树绿叶。老人还养了一只人见人爱的大绵羊。村里给她上了低保,不时还派人来慰问慰问,活得还算滋润。

　　水冰从上学那年起,就在爷爷的带领下到马奶奶家做些力所能及的事。一直到现在,五年级了,从没间断过,一周至少一次跑来看马奶奶。说来马奶奶是水冰爷爷的拐弯亲戚。这一杨村百分之九十五的人家都连着亲呢。

　　水冰进了外间屋,掀开水缸盖瞧瞧,水缸满着。

　　马奶奶听到动静,问道:"谁在外屋?进里屋来坐。"

　　"马奶奶!是俺,水冰啊。奶奶,谁给挑的水啊?"

　　"是你孙叔叔。水冰,你进来!奶奶给你留了杏干。院子里的杏干晒得刚刚好。好吃着呢,你进来啊!"

　　水冰进了屋子。马奶奶端着一盘杏干颤巍巍地走过来,抓起杏干就给水冰往兜里装,一边说:"这杏干酸酸甜甜的可好吃呢!是奶奶专门给你留下的。你孙叔叔要给俺全卖了换钱,俺不许。给你留下一盘子。你都装着,回去给妹妹吃。让爷爷奶奶也尝尝。"

　　"马奶奶这也太多了吧?两个兜都装满了。"

　　"奶奶知道你不吃独食,给小伙伴们分分。记得多给晶玉一些,那孩子经常过来给俺放羊,对俺亲着呢!"

　　"奶奶,你也偏着晶玉!"

　　"那是!俺能不偏着她吗?两岁起爹娘就出去打工,那时她才刚会走就来奶奶家玩了。唉！俺娃们受苦了，你也一样。俺看着你长大，也偏着你呢！照顾妹妹，上学，还帮爷爷干农活，还经常过来给奶奶干活，好娃哩！都说穷人家的孩子早当家，你当家也太早些，早早就懂事了。不是爹娘出去打工，娃们能遭这个罪吗？哪个不是爹娘手心里的宝呢？唉！"说着马奶奶话音里带了鼻音，她有些伤感呢。

"马奶奶，俺们不苦，有吃有喝，有爷爷有奶奶，哪里就受罪了！"

"没受罪？你这大就下地去帮爷爷干农活，也是享福啊？俺老是老了，甚也知道呢！"

"马奶奶！俺现在是种庄稼的一把好手呢！"

"俺说得对吧！是不是受罪呢？苦了俺娃们了！爹娘在，能让你们这小就上地里劳动？没办法！想挣人家的钱哩！就得舍一头呢！"马奶奶用手背擦擦眼睛，把盘子放到炕桌上。

"奶奶！有没有活让俺干？没了俺去玩了。"

"没啦没啦！俺尽唠叨些没用的。俺娃好不容易有点时间玩，快去吧！记得时常来看看俺！俺稀罕俺娃呢！"

"恩！俺走了！"水冰蹦跳着跑出门。

没跑几步水冰便被杨树林拦住了。树林是他的堂弟，小他三个月。树林喊水冰爷爷叫二爷爷。水冰喊树林爹叫三叔。只是三叔也出去打工了，一个人去的，留下三婶照顾树林和他爷爷奶奶。三叔一走没了音讯。五年了，家里早两年报了失踪人口，至今活不见人死不见尸，没有一点点音讯。

树林笑嘻嘻地说："哥！俺去找你，奶奶说你来这里了，俺就跑来了。哥！星期天也不说好好玩一玩？"

水冰掏一把杏干给他，说："都大人了，就记着玩！能不能干些正事？杏干是马奶奶家的，挺好吃！"

杨树林一边往嘴里放杏干，一边说："哥！咱去打鸟吧？俺几个月都没嚓着荤腥味了，馋得俺恨不得把自己的手爪子啃了呢！"

"说得那个邪乎！瞧你那点出息！又馋又懒。今天不能去！早上俺给晶玉掏了两只小鸟，让奶奶骂了半天，哪里还敢去打鸟？这不是找不自在吗？俺不去！"

"哥！俺馋是馋点，可不懒。俺在家经常给俺娘干活呢。"

"屁！村里人谁不知道你娘把你惯成了老爷，衣来伸手，饭来张口。还好意思说自己勤谨？俺都替你脸红呢。丢人！"

"哥！说话得讲良心。前些日子，你喊俺给马奶奶家抬柜子，俺二话没说去了！到你家地里锄地，俺也去了。还有……"

"打住！锄了两垄玉米，留了一半草苗苗。害得俺补栽了半晌。你还好意思说？一个农村人分不清苗和草？将来咋办啊？"

"这说明俺还是爱干活的人。俺娘说了，只要俺学习好就行！将来俺大学毕业，挣钱养活娘就是好孩子！"

"切！就凭你那两下子能考上大学？俺宁可相信山羊上树，也不信你能考上大学。村里人说三岁看大，七岁至老；养成的人，造就的物，想改难啦。告诉俺，你哪颗牙想吃肉了？

俺给你拔掉。省得你再想吃！"

"哥！俺求你了！俺弹弓耍得不好，打不着鸟，不然俺一个人早去了，还跑这远求你来？"

水冰乜斜他一眼。

"咱去打鸟不告诉奶奶不就行了？看把你吓得。哥！俺求求你！就这一次。以后再不求你了。"说着，他谄媚的笑笑。

"再不求俺了，还是再不求俺打鸟了？你说清楚。"

"哥！"树林一看水冰心眼活动了，连忙拱手再求，"哥！就今天打最后一次！以后再不打鸟了。好哥哩！就一次你还不答应？真没劲！你还是俺哥不是？"

水冰看树林的样子很诚恳，很可怜，说："看你那可怜的样子吧，就那么想肉吃？帮你一次。咱去东山岙，那里鸟儿多，俺也很长时间没去那里了。丑话说前头，打不着鸟不能怪俺。怨你命不好！"

树林高兴地说："那是！俺多会敢抱怨你呢？也不会抱怨你。那次你领俺去玩，把俺推到泥坑里！让俺变成泥猴，俺娘臭骂俺一顿，俺说俺不小心掉坑里去的。俺独自担着，俺抱怨你了吗？没有吧？你是俺哥么。"

"你这是表功还是骂俺不像当哥的样子呢？俺看你小子越来越奸了。别卖嘴了，你去不去了？"

"当然去！给你弹弓，这还差不多。像个当哥的样子。"

"本来就是哥！你追上俺算你有本事！"

水冰说着跑走了，树林奋起直追！俩人跑向东山岙。

二

近晌午时分，爷爷扛着锄头回了家。

奶奶感到有些奇怪，今天老头子回来这么早，这不是他的习惯。奶奶问："今天回来这早？咋地了？"一边接过爷爷的锄头，挂到墙上挂农具的杆子上。

爷爷很平静地回答："感觉身上有些不得劲，就早早收工了。晶玉，给爷爷拿烟袋来，爷爷抽口烟再说。"说着坐到葡萄棚下的椅子上。

晶玉正在屋里掇弄小鸟鸟呢，听到爷爷的话，放下鸟鸟，拿了烟袋跑出来，笑嘻嘻的把烟袋递给爷爷。爷爷笑呵呵地挖了袋烟抽起来。

奶奶笑眯眯地说："大夫不让你抽烟，你记不住？偏偏抽得多起来。你呀，就作吧。犟牛性子不着人待见。"

爷爷不以为然地反驳说："俺抽烟抽了六十多年甚事没有，这么硬朗这么壮，所以大夫们的话不能全听。听大夫的甚也不能吃、不能喝、不能抽，得把嘴扎起吊起来！俺孙女就不信这个邪，支持爷爷抽烟，好！告诉你，你奶奶呀嫌俺把钱买烟抽了。心疼钱呢！"

"你就不说句公道话。俺是那小气人吗？俺是心疼人呢！你越老越糊涂，分不清好赖人。人家大夫说抽烟不好，是为了你呢！人家说话有根有据。你说你每天早起趴在炕上哈喽气喘一阵子，吐几口黏痰才起床。哪天省了一阵阵呢？老不讲理！"

老两口互相看看笑起来。爷爷说："晶玉你可是看到了，爷爷在家尽受气。你奶奶就会欺负爷爷，像个女霸王！"

晶玉小手指向爷爷，气恼地说："不许说俺奶奶坏话！再说不给你拿烟袋了。"

"不说不说！你和奶奶亲！不亲爷爷呗！"

晶玉看看爷爷再看看奶奶，说："俺和奶奶第一亲，和爷爷第二亲。奶奶！为甚不让爷爷抽烟？抽烟解乏提神啊！"

奶奶笑着说："是爷爷这样说的吧？那是以前。现在科学家研究出抽烟没有一点好处！危害身体健康。老东西你听听，你孙女说话向着你呢。你别得意得过早，有你哭的那一天呢。老小孩！俺给你们下面去。今天吃手擀面。天天面顿顿面你就吃不腻？就不想换换花样吃吃大米？"

爷爷说："生下就是吃面的人，吃米会胃口发酸、烧心！"

这时，树林笑呵呵地跑进院子。他大声嚷道："晶玉！你哥叫你去呢，有事情。"

"俺哥在甚地方？"

"你跟俺去就是了!快走！好事情！"

奶奶说："别去了！马上吃饭了！树林，你把水冰叫回来一起吃饭吧？"

"不了！二奶奶！水冰哥等着晶玉呢。"他转身就跑，晶玉不等奶奶同意就追了出去。

奶奶说："水冰真是个大教头！这时候把人唤走不吃饭

了!"

爷爷笑着站起来,说:"俺回屋躺一阵阵。饭好了叫俺!"

奶奶不高兴了:"你们都走了俺做饭给谁吃呀?"

"俺歇一阵阵就好。心口不舒服。"

奶奶无奈地说:"那俺一会再做,俺说你吃了饭去王大夫那里看看。从没听你说难受,你让人家看看。有病早些治。"

"行!吃完饭去!"爷爷进了北屋。奶奶去了厨房。树林领着晶玉一直跑到东山岙。东山岙在村东不远处,两山之间一块比较平整的沟底。这里野草繁茂,山花烂漫。一进岙里,空气清新,芳香扑鼻。紧靠南山边,一条四季水流不断的溪水。溪水边一溜柳树非常茂盛。大树都有一抱粗细。青青草地点缀着朵朵野花,像一块织锦地毯,是个清凉宜人的地方。

水冰坐在一堆烧得通红的火堆边,手里拿着一根粗棍子专心地拨拉火里的一个大黑团。

晶玉蹦蹦跳跳地跑到他身边,说:"哥!你叫俺甚事?俺还以为树林哥骗俺呢。"

树林听到这话心里不满意了,说:"晶玉你瞎说甚?哥甚时骗过你呢?"

晶玉说:"俺可记着呢。那次你和俺哥去镇上看电影不领俺。你把俺骗到马奶奶家看小羊。你溜去和俺哥看电影去了。回来还气俺说电影特好看。把俺气哭。你忘了俺可没忘!"

"那是你哥让俺那样做的,不是俺存心骗你。"

水冰瞥他一眼:"那还不是你出的主意?俺可没有你那么

多心眼。"

树林有些急了:"你咋是这样人呢?俺为你做好事还得背黑锅?"

"看你急得那样,芝麻大点的事都不敢承揽!还算男子汉?快去弄水把火熄了!美餐烤好了。"说着他用两根棍子把黑团拨拉到一边空地上。树林双手捧水浇火。晶玉也去捧水。树林撵她说:"你别干这活。这是俺的活。你到你哥身边坐着去。"

晶玉坐到哥身边,好奇地盯着黑团团,说:"哥!这是甚?俺看是一个大泥团。"

水冰洋洋得意的说:"泥团没错!里面包着香香的好吃的,你猜猜是甚?猜对了给你多吃些。"

晶玉眨眨眼睛猜测说:"红薯?玉米棒子?你们偷东西吃?你们从谁家地里偷东西了?俺现在回去告诉奶奶去!。"

晶玉站起来就要走。这时树林熄了火,坐了过来。听到这话和水冰对视一下,意味深长地笑笑。伸手拽住晶玉。

水冰笑道:"你猜错了!让你看看这是甚?"说完举起手里的棍子砸向泥团。泥团裂了,水冰又砸两下,黑泥团破成两半。一半泥团呈现出一只光溜溜冒着香气的鸡。另一半里是剥下来的鸡毛、鸡皮。一股鸡肉香直冲三人的鼻孔。树林眼睛放着贪馋的亮光,一边使劲吸溜着鼻子,恨不得马上大块朵颐起来!

晶玉蹲下来仔细看看说:"一只鸡?一只大红公鸡!好香啊!"她眼睛盯着粉嫩的鸡肉,嘴里直说香。

树林说道:"俺不骗你吧?叫你来总是好事。闻着好香是不是?水冰哥!俺的主意不错吧?"

"甚你的主意不错,是俺的烤鸡办法好。晶玉,今天哥让你吃吃正儿八经的叫花鸡。电视里的叫花鸡一点不正宗!加多少佐料。你们看,这才是最正宗的叫花鸡呢!瞧瞧!多香!"

水冰拽下一只鸡腿递给晶玉,又拽一只给树林。树林伸手刚要接,水冰缩回手去。树林的脸色一下子变得那么难看,说:"你!"水冰笑笑说:"看你那馋样?恨不能把整只鸡看进肚里呢!给!馋猫!尽着你吃!"说着把鸡腿给了树林。树林脸色缓了下来,抓着鸡腿就是一大口,香甜地嚼着。一边嘟囔着:"哥!这样烤鸡也这么好吃!不加佐料更是香香甜甜的味!好吃!俺从来没有这样吃过鸡肉呢!真叫一个香!"

水冰自己揪了一只鸡翅啃起来。晶玉一边吃一边说:"好吃!好香!哥!比小卖铺卖的烧鸡还好吃呢!"

水冰得意地说:"那是!咱这是独家秘方。概不外传。"

树林说:"水冰哥!肉上没有一根毛,剥得真干净。要俺说,这才是真正的烤鸡。俺真是第一次吃到这样美味的鸡呢。"

水冰老道地说:"公鸡烤着比母鸡好吃。这只公鸡又大又肥,味道肯定比一般的公鸡好吃。馋猫!这下你过瘾了吧?都是你想吃肉,俺才拿出绝活来,换成别人俺才不露这一手呢?将来俺大学毕业了,到城市里开一家烤鸡店。这么香这么鲜,一定赚大钱。"

树林撕块肉放嘴里,说:"到时候俺给你打下手。俺给你和泥包鸡，你叫俺作甚俺就作甚。"

晶玉说："他是俺哥！俺给他当下手。"

"行行行！你当下手你当下手。水冰哥，你在哪里学的这手艺呢？"

水冰微笑着说："俺七八岁时，和俺爹去山里采蘑菇。俺爹用棍子扔出去，打到一只野鸡。当时身边甚也没有。俺爹就用泉水和泥包了鸡烤了吃，俺就学到了。当时山里野鸡很多。俺爹用一尺长、一把粗的棍子，这么一甩就把野鸡打死了。俺特佩服俺爹，崇拜俺爹。心里说俺爹真有两下子。野鸡烤起来和公鸡一个味。算起来不如公鸡鲜美香甜呢！"

三个人说说笑笑，不一会就把硕大的一只公鸡吃光了，骨头都啃个干干净净。晶玉吃完最后一块肉，小手抹抹嘴，想到一个问题，说："吃饱了。好吃！哥！你们从哪里弄来的鸡呢？"

水冰，树林相视一眼，水冰刚要张嘴说话。树林拽他一下，不让他说。树林对晶玉说："俺早上叫水冰哥来东山岙玩弹弓。咱不是要经过208国道吗？正好看见一辆汽车把一只鸡压死了。俺们捡到放一边看看，只是压了头。身子一点没压散。水冰哥就拿到这里烧着吃了。俺提议，这事情咱们三个知道就行了，不要告诉别人，奶奶爷爷都不能告诉。你想啊，鸡是汽车压的，但汽车早没影了。咱们给吃了。鸡的主人只能找咱们要赔偿。所以咱们不能说给任何人。你说是不是？你最小，俺怕你说漏了嘴就麻烦了。"

"你别小看人。俺嘴可严实呢。俺哥和俺晚上去大老王家偷枣吃。俺哥不让说。到现在俺都没有对人说！连爷爷奶奶都不知道呢。"

"哦！晶玉的小嘴真严实！"说着树林奸奸的一笑。斜眼看看水冰，心想：光会教育俺。原来你也偷嘴吃呢，看你以后咋教育俺。他心里这样想，可不敢说出口。水冰正虎着脸看着自己呢。他咽口吐沫不吭声了。

水冰不满意晶玉的说话，又不能当面纠正，只好说："有人问就说不知道。问急了按树林说的说。快把这些垃圾填到那个坑里。咱回村吃饭去！"

晶玉拍拍小肚子说："俺肚皮都撑破了，俺不能吃饭了。咋办？"

树林眼珠一转，想出个主意，说："咱就说水冰哥找到很多野果子，咱们吃了。不想吃饭了！咋样？"

晶玉补充说："俺就说吃完果子俺喝了溪水，饱了！"

水冰思想一下，觉得还是树林编得汽车压鸡靠谱。但不能直接告诉汽车的事。为了不找麻烦，只能说吃野果子来搪塞了。这个理由不好，可没有好办法了，只能这样。水冰说："谁要说漏了谁就是叛徒！其他两个人可以惩罚他！同意不同意？"

晶玉、树林都举起手发表了看法。水冰挥挥手。三个人高高兴兴有说有笑地回家了！

三

回到家。晶玉对奶奶说吃了野果子不吃饭了。奶奶担心地说:"你跟着你哥瞎吃!野果子要是有毒不把你们吃坏才怪呢。你哥就不教好!"她扭头问水冰:"晶玉不吃饭,你呢?""奶奶,俺也不吃了。奶奶!俺认的没毒的果子。俺不能害俺妹妹吃毒果子。俺又不是毒辣皇后!心好着呢。"

奶奶没办法说:"不吃不吃吧。害得俺还给你们留着锅呢。俺收拾去。"

然而。天刚黑下来时,东窗事发。水冰家门口熙熙攘攘来了一群人。树林娘揪着树林的耳朵找上门来。树林娘怒气冲冲,嘴里嚷骂着:"人说好狗护三邻,好人护三村。你偷俺孤儿寡母的鸡!不怕造孽!不怕吃了烂肚肠?杨水冰你给俺出来!说说你干的好事!"

水冰一家人坐在棚子下正准备吃饭。听到树林娘的喊声,水冰心里咯噔一下。心里想:坏菜!完了!树林当了叛徒!咋办!他的心乱起来。爷爷奶奶听到嚷嚷,便领着两孙子来到院门口。

门口。树林娘还拽着树林的耳朵呢。身边围着一群看热闹的人。

爷爷笑着问:"他三婶!这是出了甚事?惊天动地的!有甚话咱进屋里慢慢说。"

树林娘凶巴巴地嚷道:"二叔啊!你问问你家宝贝孙子,

问问你这不成器的侄孙子。问他们做下甚丑事了。你孙子领头把俺最值钱的公鸡给偷吃了！不是俺胡说诬陷他们。你问问你问问！"

听到这话，爷爷威严地扫视一眼水冰。水冰赶紧躲开爷爷的目光，晶玉也躲躲闪闪地藏在奶奶身后。爷爷心里明白这是真的。他又把目光投向畏畏缩缩的树林身上。树林扭脸躲开爷爷目光的直射，低声道："二爷爷！是水冰哥用弹弓把鸡打死。提留到东山岙烧着吃了。还叫俺把晶玉喊来一道吃了。"

三婶理直气壮地说："你听听你听听！二叔！这兔子还不吃窝边草呢。你说！这叫人做的事吗？偷他亲三婶家的鸡吃！他就不可怜他三婶，辛辛苦苦喂鸡是为了一年的油盐酱醋！俺那口子一走没了音讯。全指望这几只鸡做零用呢。你说这咋整？偷就偷呗，他选了俺那只最大最肥的大公鸡！"

奶奶陪着笑脸说："他三婶！咱进屋里去说吧。这里黑天半夜的，一家人甚事不能开解呢？你进屋去说行不行？"

树林娘说："俺知道你尽护着你孙子！俺不跟你说。俺又不嫌丢人。二叔！你说这事咋办？"

爷爷略微想了想说："树林娘！俺全价赔给你。水冰的确不该偷鸡！是俺管教不严。对不起！水冰！给三婶鞠躬赔礼！快！"

水冰极不情愿的上前一步，鞠了一躬！嘴里分辩说："是树林想吃肉。俺两商量着去东山岙打鸟没打到。树林说那只大公鸡是刘青家的，俺才把鸡打死。不能全怪俺！"

树林娘听到这话，一把揪过树林就打。树林嚎叫着，躲闪着。树林娘边打边说:"原来你也不是好人!一起算计俺那可怜的大公鸡!"爷爷伸手攥住树林娘的手,说:"别打了。这是作甚哩!让街坊邻居笑话!一只公鸡卖多少钱?俺全赔!"

树林娘说:"少说也能卖七八十块钱。那是一只二年生的大公鸡,金贵着呢!"

"好!他三婶!你也别难为孩子们了。俺给你一百,不用找零。这事就打住了。好不好?"

说着话,爷爷掏给三婶一百块,一边对众人说:"大家散了吧,又不是什么风光的事,散了吧。"

人们见事情处理完了便分头各回各家,路上还议论着。

爷爷说:"咱也回家吃饭。饭都凉了。"

农家的晚饭很简单,无非就是小米稀粥,馒头加咸菜。一家人稀里呼噜吃完饭。奶奶收拾碗筷放到厨房去,爷爷桌边抽烟。水冰、晶玉心里忐忑不安,谁也不敢走开。平时早跑没影儿了。

奶奶坐了过来。爷爷看看晶玉,问道:"晶玉啊!那烤鸡肉好吃不好吃?"

晶玉偷眼看看爷爷严肃的表情,又看看奶奶的脸色,说:"爷爷!听真话还是假话?鸡肉好吃,可香呢!爷爷俺从来没有吃到过这么这么香的鸡肉。"说到鸡肉的香,晶玉手舞足蹈地用小手比划起来。爷爷哼了一声。晶玉看看爷爷又说:"爷爷!是俺哥让树林哥叫的俺,不是俺想吃来。你问俺哥,他全知道!俺甚也不知道。"

爷爷看晶玉的机灵劲心里乐了,还是板着脸说:"俺娃甚

山花烂漫丛中笑 19

也不晓得，上了当。没俺娃的错。全怪你哥！大的不教小的走正路，行正事。不教好！对吧？"

"嗯！反正不是俺的错。"晶玉一只手扣着另一只手，扭着身子不吭气了。

水冰小小心心地说："爷爷俺错了！俺不该领他们去偷鸡。树林说那只公鸡是刘青家的，刘青欺负过他，俺就想报复刘青一下。一弹弓就把鸡打死了。树林这个笨蛋！哪只鸡是他家的都认不住。真是笨得出奇！"

没等爷爷开口，晶玉插嘴说："爷爷！都怪树林哥嘴馋想吃肉。挑动俺哥打鸡给他吃，不能全怪俺哥。"

爷爷被晶玉的说法逗乐了，脸色有了松动。问道："你说这事咋办？你给出个主意？"

晶玉说："树林哥吃了一只鸡腿，还有好些肉。俺哥只吃了鸡翅和一点点肉。树林哥也该掏钱！"

爷爷说："依你说责任平分。那你说大的领导小的，还是小的领导大的？"

晶玉瞅瞅哥，不说话了。

爷爷说："树林有他娘发落他！他娘一定轻绕不了他！咱先说说你俩吧。你上当了没责任。你说咋样惩罚你哥吧！"

晶玉仰头想了想，又看哥一眼，说："让俺哥打扫院子。爷爷就不用早早打扫院子了！还有让他把小鸟鸟放回去。"

奶奶在一边偷偷一笑，说："晶玉啊！该不该罚你呢？吃了鸡肉还撒谎。你说你吃甚野果子了？"

"那是树林哥让俺那么说的。"晶玉让奶奶问的卡了壳。

低下头不说话了。

爷爷语重心长地说:"水冰啊!你是村里头一份,头一份偷鸡的人。

之前你听说过谁家丢过鸡鸭活物吗?村里一向是路不拾遗,夜不闭户。淳朴的民风让你破坏了。以后村里万一丢东西就是从你这里起的头。你上了五年学,学校老师教你偷鸡了吗?"

"爷爷!你别说了,俺错了。俺再也不会偷三婶家的鸡了。俺知道错了。"

"不偷三婶家的偷别人家的。不偷鸡偷兔子,偷羊!"

"甚也不偷了!真的!俺发誓!再也不会听别人的话偷东西!"

"听别人的偷东西?还是没有认识到错误的根本!"

"认识到了!爷爷!俺再不犯偷东西的错误了。你就相信俺吧。俺说话算话!俺向你保证!。"水冰举起右手信誓旦旦地表示了决心。

爷爷拿烟袋在桌角磕磕。盯着水冰一会,道:"这事情咱暂时不说了,得看你的行动!不听嘴说。咱听晶玉的主意。罚你早起打扫十天院子,上学前扫完,必须干干净净不留死角。能办到吗?"

"能办到!"水冰瞪了晶玉一眼。晶玉叫道:"奶奶!你看俺哥瞪俺哩!"

奶奶款款道:"批评你呢,你还逗她!没个正行!俺说你们心里不要记恨你三婶!人要公道,打过颠倒。你们想三叔一去无消息，生死不明。三婶一个人养活公婆、树林，家里又没个进项，为了生活养猪养鸡，却被你们偷吃了！这事落在你们头上，你们更生气呢。你三婶一个妇道人家硬撑着这个家，树林上学花不少钱，多难哪！你不说时常过去帮帮她，还糟害她。这个理你们得想明白！怪只怪你们做事不端！"

"奶奶俺知道！俺经常帮助树林呢，给他用俺的文具，还帮他补习他落下的功课。俺知道帮树林就是帮三婶呢。"

"这还差不多！今天俺路上碰到马奶奶，她一个劲的夸你，说你仁义。要把今天你做的事告诉她，她还会夸你吗？"

"奶奶，俺当时真是气蒙了心。要知道是三婶家的鸡，打死俺，俺也不会去偷！"

爷爷最后说："树林和刘青吵吵架，你就把人家鸡杀了。要再大点仇就该杀人了！你这样太不对！为人处事一定要与人为善。不说了，说来话长。去睡觉吧。明天上学呢。"

晶玉眨眨大眼睛疑惑地问爷爷："爷爷这就完了？你不打俺哥的屁股了？你说不把他屁股打疼，他不长记性。"

爷爷笑起来："晶玉记性好，还记得俺的话呢。俺娃把这事也记起来。以后犯错加倍打！一定打得他皮开肉绽长了记性才算。你替爷爷记着啊！千万别忘了！"

水冰听到妹妹的话，心里恨得牙痒痒！指着晶玉狠狠地说："你等着！看俺再疼你！再对你好！哼！"

说罢回西屋了。

晶玉拉着奶奶的胳膊说："奶奶看俺哥凶俺哩！"

奶奶笑道："俺听着看着呢。谁让你多嘴来？走，洗涮去。"

"哼！奶奶不像爷爷亲俺！以后奶奶排第二亲。"

奶奶爷爷笑起来。奶奶拉着晶玉去洗漱。

爷爷又装上烟袋抽起来。山村被黑暗笼罩着，大地一片漆黑。如今的山村晚上非常寂静，狗吠声都难得听到一声。

四

第二天一早，晶玉就醒来了，她起床下了地。奶奶问她："你起这早做甚？"她说："俺看俺哥打扫院子没有。"奶奶笑道："你这个小鬼头，尽操鬼心眼。"晶玉推开门见哥正起劲地扫院子。她回头低声告诉奶奶："俺哥扫院子呢，俺一会出去替爷爷检查扫得干净不干净。"说完她给奶奶做个鬼脸，转身去喂小鸟鸟。打开蒙着的纱布时，她懵了，轻轻端着面桶来到炕前面，眼里闪着泪花，低声说："奶奶！鸟鸟死了，不动了。"奶奶责怪道："俺说甚来？你们就不听话！你们这是造孽呢！生生把两只小鸟鸟害死了吧。阿弥陀佛！饶恕他们年少不懂事吧！"晶玉没有反驳，泪水刷刷地流下来。奶奶心疼的给她擦擦眼泪，说："把鸟鸟给哥哥，让他埋在苹果树下。"晶玉默默地端着面桶来到院子里。"哥！奶奶让你把鸟鸟埋到苹果树下。"

"啊！死啦？改天哥给你捉两只大鸟鸟，好养活。"水冰安慰妹妹说。

"呜！"晶玉大声哭起来！"都是你害死两只小鸟鸟的！你还要害大鸟鸟！呜呜呜！"

奶奶在屋里听到晶玉的哭声，训斥道："水冰欺负妹妹干甚？逗她哭！"

"没有！俺没有逗她！她为小鸟鸟哭呢。"他回答了奶奶又对晶玉说："鸟鸟是你要的。你还哭甚？"

"俺不想小鸟鸟死！"

"好好好！咱不捉鸟鸟。哥给你买只小兔子养起来。"

"俺不要小兔子。俺要小羊。和马奶奶家一样的小绵羊。俺每天上山上去放羊。"

"让山里的大灰狼看见一只肥肥的小羊羔！还有一个漂亮的小丫头。张开血盆大口哇呜哇呜把你们吃掉！"

"不理你了，尽诈唬俺！"

水冰取来铁锹，在树下挖了坑，把小鸟鸟埋了，晶玉才不哭了。

这时，三婶急急忙忙地跑进院子，急着问："水冰，你爷爷呢？"

晶玉抢答："在屋里。"三婶直冲北屋。嘴里嚷着："二叔二叔不好啦！树林一晚上没在家！不知道去哪里了？"晶玉和水冰紧随其后进了屋。

爷爷正坐在炕上抽烟，连忙问道："树林一晚上没在家？你说说咋回事？"

"昨晚上俺拧着他回了家，一个不留神他就跑不见了。俺寻思他一定去哪儿凉快一会就能回来。谁知一大早俺去他屋里一看。给他温好的被窝纹丝没动。他就没有回来睡觉。这不是要俺的命吗？他老子还没找到呢，他又丢了！二叔！万一他进了山里。山里黑幽幽的还有狼、豹子！还有大深沟。万一有个好歹，俺怎么活啊！二叔！快救救俺树林啊！"三婶哇哇地大哭起来。

奶奶拉她坐在凳子上，倒杯水给她。"他三婶！你一定要定定神。树林是个有脑子的孩子，一定没有事！他是不是去同学家了？或者亲戚家？"

树林娘哭诉道："俺的亲戚远在几百里外，平时没来往。刚刚俺跑了两个同学家都说没有找过他们。俺实在没法子了才来找你们想办法！你们一定帮帮俺啊！呜呜呜！"

爷爷思忖一下问水冰："树林没有来找你吗？"

"没有！俺知道他没脸来找俺。"

奶奶说："他三婶！你喝水。嘴唇都裂了。"

"俺急啊！跑了十几里路呢。俺家就他一根独苗苗。多一个俺也不能这么着急上火，这可咋办？要俺的命哩！"

爷爷说："水冰！你现在就沿路去邻村问问你同学去！然后径直去学校。要是还不见树林，你马上请假回来！咱们再想办法！明白了现在就去！"

水冰明白爷爷的意思，背上书包跑走了。

爷爷安慰树林娘道："他三婶！孩子一定藏在哪里吓唬你呢。你别急！等一下水冰回来咱就有了方向。你把心放下！俺知道树林那孩子有思想。不会做傻事！"

"他就是个大傻瓜！丢下娘一个人跑！不要说山里，路上

山花烂漫丛中笑 25

遇到坏人咋办？俺心里急得火上房呢。不行！俺得回家去等。二叔！你得给俺做主！"

三婶哭着一阵风似的跑走了！

奶奶在她身后高声喊道："他三婶！你就在家里等着，千万别走远。水冰这里有了消息，俺好让晶玉告诉你去。这些孩子没一个省心的！晶玉你别看，你以为你省心吗？"

晶玉听奶奶说自己，不快地剜了奶奶一眼。"爷爷！你看奶奶说俺不省心！"

爷爷笑着说："行了！做甚说俺晶玉？快去做饭，吃了饭也好有劲去找孩子！"

奶奶说："现在的孩子动不动就离家出走。一点不为大人考虑！有的一跑再见不着父母呢！也不知道他们咋样生活呢！唉！为孩子愁死个人。"奶奶说着去做饭了。

水冰听爷爷的话，沿路去邻村问了几个同学，都说没有见过树林。他跑到学校，坐在教室里等全班同学都来上课了，还不见树林的影子。他连忙和张老师请了假，向村里跑去。他心里也是急呢，树林是他的兄弟么。跑着跑着他突然想起树林以前的一次出走，他慢下来，定醒定醒。停住脚步，他又仔细想了想，转身向十里外的青山镇跑去。

正是上班的早高峰，身边车来人往。虽然人不像大城市多，但也是络绎不绝。路边的庄稼地呈现一片翠绿，吸引着人们的目光。水冰无心浏览这美景，一股劲跑着。

青山镇是这方圆百里的管辖中心镇。虽然是个县级镇，但发展得很前卫。大城市有的它都有。只是不像大城市有那么多高楼大厦而已。水冰知道一进镇子就有两家网吧。他进入春天网吧，一眼就看见树林戴着耳机专心致志地打魔兽呢。

他冲过去，一把拽掉他的耳机，拧着他的耳朵将他拖出网吧。树林挣脱，揉着疼痛的耳朵说："你干甚哩？拧得人生疼！那边的叫俺娘拧得现在还疼呢，你又来拧这边！"

"你个不长进的东西！拧不疼你不长记性！你咋又来电游？上次替你垫的钱还俺！"

"你不是说送给俺，不要还了吗？"

"那是上次你给俺发誓再不打电游不用还。你又打了！必须还！加上利息一共一千。掏吧！"

"啊！一千？"树林傻眼了。上次树林来镇里打电游，游戏里买装备花了八百。他想自己打到第一，装备可以卖到两千。能赚一千二呢。结果他只打到十五名，装备卖了一百块。交了上网费，欠下八百外债。网吧老板不让他走！无奈，他只好打电话喊来水冰。水冰跟奶奶拿了钱，把他赎了出来。他跟水冰指天指地发誓再不会来打电游！今天他又来了，所以水冰朝他逼债！

"俺没钱！这不能怪俺！是俺娘逼得俺没法子了，俺才来打电游的。"

"少胡说！三婶咋逼你了？"

"昨天傍黑，俺娘一数上架的鸡不见了大公鸡，就说要到街口叱骂去。俺心里直打鼓，才知道咱们吃的鸡是俺家的。俺竭力拦住娘，劝说：不就是一只鸡嘛，兴许让黄鼠狼拖走了呢，算了吧！也许俺的表情不对。娘就对俺施行审问，俺没法子，说了实话。俺再三央求娘别闹了，俺怕把你揪出来。俺娘不同意，硬是拽俺去了你家。俺可是没有诚心供出你，俺只想保护你。不想让娘把事情搞大！最后俺娘寻死觅活逼着俺才去了你家。水冰哥！你别怪俺！俺真是没脸见你呢！"

"你还没脸见俺？你连自家的鸡都不认得，还告诉俺是刘青家的，正好报一箭之仇！打这儿你就把脸丢尽了！你早没脸了。还呈甚能哩？马上回村！咱一块对你娘说说欠款的事。让你娘还钱！"

"钱俺一定会还。俺以后还！俺发觉说到钱上你就不讲兄弟情分了！真是的！"

"这是你逼俺向你要的。"

"俺逼你？你不讲道理！俺为了保护你才和俺娘闹成这样。不知俺的好心？要钱没有！要命一条！"

"好！跟俺耍赖皮！走！咱回村找你娘要去，卖了你家房子也得还钱，走啊！"

树林一看水冰真要拖自己回村，心里害了怕！从爹走后，娘承担了全家人的生活负担。真要让娘知道自己还欠这么一大笔钱，娘会把自己打死，娘自己也不要活了呢！他心疼起娘来！他软下来，说："水冰哥！这钱俺一定还你。早说还你的。求你现在不要让俺还！求你了！你是俺亲哥行不行？"

"不嘴硬了？求俺了？你在这里玩，想过你娘没？你娘一夜没睡觉担心你呢！你没长心吗？这么大了还让娘操碎心？俺恨不得一脚踹飞你！两条路！一条马上还钱，一条以后再不许来打电游！你走哪条？"

树林无奈得说：“俺再不打电游！这是最后一次！"

"真的吗？"

"真的！俺郑重发誓！真的！"

"俺也告诉你！如果你兑现了你的诺言。那钱俺一分不要。但是再让俺看到你打电游不回家。俺让你加倍还！行不行？"

"行行行！俺不回家，只是想教训一下俺娘。谁让她害得俺成了不仗义的人呐！"

"你就是不仗义的小人。你对你娘不管不顾！还有脸说对俺仗义？你这叫不孝顺，根本不配做俺的朋友，更别说俺的弟兄了。一夜不回家你不知道你娘多担心！告诉你！没有下次出走！到时候别怪俺翻脸无情！"说着水冰拳头拧着做了个动作。

树林听到水冰哥的义正言辞，无语了，嘟哝说："反正俺说甚也没理！都是你的理。你领俺偷鸡吃还是你的理！"

"你说甚？俺没听见。重说一次俺听听。还不快往家走？是不是逼俺动粗呢？你娘还在俺家等你的信呢。"

水冰转身往家走。树林快快地跟着。他的心思早去了早点摊上了。他瞟着路边的早点摊，不好意思说自己饿。

水冰扭头催促他说："磨蹭甚哩？还不快走？爷爷他们组织人们进山寻找你呢。回去晚了进了山咋办？"

树林可怜兮兮的说："水冰哥！说实话，昨天晚上俺就没有好好吃饭。肚子早饿得咕咕叫了。兜里几块钱让俺打电游了。俺是饿得走不动了！"

山花烂漫丛中笑 \ 29

"瞧你那点出息！红军没饭吃还走出草地呢。这才一顿没吃就走不动啦？"

"人是铁饭是钢，一顿不吃饿得慌。俺真走不动了！"

水冰看看他的脸色，说："咱吃老豆腐、麻叶吧。"树林说："俺想吃羊杂割。""离家出走，还想吃杂割？没有！"

树林无精打采地坐到路牙子上不走了，耍开了死皮赖脸。水冰没办法，只得拽他来到杂割摊上。

"老板！来两大碗羊杂，两个烧饼。""好嘞！"不一会老板兼伙计就把杂割端上桌来。大碗羊杂上飘着绿茵茵的芫荽、红红的辣椒，一看就引起人的食欲。树林大口吃起来，烫得吸溜吸溜的。水冰说："你慢些吃！这么烫！真是饿死鬼转得！"

两人吃完早餐，把嘴一抹回村了。

回到水冰家门口已经是大前晌了，门口聚集着一群人马。有大人也有小孩，还有半大小子，等着爷爷下令去山里找人呢。树林他妈冲过来，一把抓住他，又打又骂又数落："你个杀千刀的。咋跟你爹学呢！吓死娘了。你晚上去甚地方了？想害死你娘啊！"树林娘又气又恨又心疼。说是打下手却轻柔柔的没一点分量。树林享受着娘的爱抚，没有说话，眼泪在眼里打转，伸手拉住娘的一只手。娘拽着他，顾不上别人，径直回家了。

水冰向爷爷奶奶及众人述说了找到树林的经过，最后说："俺得去上学，还能赶上一节课呢。"说着跑去上学。人们说笑着散向村子各处。

爷爷抽着烟袋，微笑着对奶奶说："水冰确实长大了。办事办得稳当扎实，很有大人的做派呢！好！几年书没有白念，比俺强好几倍。"

奶奶说："何止几倍？强几十倍。那是俺孙子，跟着俺学了十几年学到的呢，跟甚人学甚人，跟着巫婆会跳神。"

老两口说笑着进了院子。

五

这天下午放了学。水冰和树林相跟着回到村口。晶玉正等在村口呢，见两个哥哥过来笑着迎上前。

树林对水冰说："水冰哥！晶玉每天村口接送你，你就不怕人家笑话？"

"笑话甚？俺妹妹接送俺，证明俺们处得好，俺们亲。他们想让人接送呢，没有这么好的妹妹！"

"村里二蛋他们都笑话你，说你是长不大的孩子。还得依靠妹妹照看呢。"

"你别听他们胡说八道。他们这是在嫉妒俺呢。晶玉！看哥给你带甚好东西了？"说着从书包里掏出两绿油油的大桃来，"这是王立给俺的。他说可甜可甜呢。"

晶玉接过来笑呵呵地看着。树林一边眼馋肚更饥，说："水冰哥！他就给你两个？够小气的。他家种几十亩果园就给两桃？"

水冰说:"你甚意思?给你拉一车?这就不错,心里有俺。别人还不会给俺呢。你是不是嘴馋了?"

"俺就说他小气,又没说甚。甚时说俺馋了?"

"你的小九九俺知道得很呢。一撅屁股就知道你拉甚屎。这里还有两个呢,给!哥有甚能少下你呢!"水冰扔给他一个桃。

树林喜眉笑眼地接住,在衣襟上蹭蹭张嘴就是一口,说:"俺知道俺哥不会少下俺!好吃!真甜!就是有点硬,再长几天就不硬了,像在嚼脆骨。"

"外道了不是?这桃长到底也是这么硬。王立说这桃是大久宝和野山桃嫁接的新品种,叫长绿宝。在树上一直挂到入冬呢,永远软不了。要不是这么硬,俺会给爷爷奶奶留两个呢。俺这是现学现卖。"

"到入冬这桃味道一定更美,更好吃!"树林说着,又啃一大口,脑海里憧憬着那时桃的美味。

晶玉说:"吃货!就知道吃。"

"你别说俺!你也是吃货!"

"俺可不像你!这桃俺拿回去和爷爷奶奶一块吃。"

水冰说:"晶玉你吃吧。爷爷他们咬不动,俺咬都费劲呢,比咬炒豆子都费劲。"

"俺回去用刀子切成小块块,爷爷就能咬动了。"

"俺晶玉就是孝顺!是个好娃娃。树林你得好好向她学习!"

树林有些不甘心地说:"俺一个大小伙子向一个小丫头片

子学习？有甚好学的。"

"晶玉孝顺这一点，你就得学，比你强一百倍！俺都赶不上。"

"切！"树林不屑一顾的切一声。但一想到前两天的出走，又心虚地闭上了嘴。他看看已经到了自家院子下了，说一句明天见，便跑上自家坡上去了。那是一个就着山崖掏出的五孔窑洞。窑洞前铺成一块平地做院子，由一条小路绕上去就是院门。

这里水冰对晶玉说："你看树林哥都说你接送俺不好，你以后就不要接送俺了！让别人说闲话。你就不怕人家笑话你？跟屁虫似的。"

"俺才不怕呢。俺就是你的跟屁虫！就要接送你，谁让你是俺哥。"

水冰笑道："你不知道跟屁虫就是跟着哥放的屁飞的吃屁的虫子？"

"你胡说！贼恶心！不理你了。不向着妹妹向着外人。哼！"

晶玉生气地独自向前走去。水冰追上去，解释说："哥可不是编排你。是给你解释跟屁虫的意思。你以为只是跟在哥屁股后面跑就是跟屁虫？还得吃屁才行。"

"别说了！恶心！你才是跟屁虫。最大的跟屁虫！"

晶玉笑着跑向院门，水冰追了上去。

进了院门，他们看到杨顺义也就是爹坐在葡萄棚下抽烟呢。爷爷奶奶黑着脸在一边坐着，气氛特别严肃。顺义是个近四十岁的壮男人，个子挺高，以前很黑，经过几年的城市生活白了不少。但和水冰比起来还是有点黑。

晶玉说："爹回来了，你看爹回来了！"

水冰皱着眉头说："叫唤个甚？谁没看见？嘴多！"

顺义挤出一点笑意，说："水冰放学了？爹回来办点事。晶玉就离不开你哥，每天围着你哥转，马上该上学了，要学会独立啊！"

奶奶起身说："娃们回来吃饭了，俺还没做好呢，误事了。唉！人老了到底身子骨不利落，一起一落且费些力呢。"说着进了东厨房。

这时，正房里走出晶玉娘来。她眼圈黑黑，一看就知道没睡好，而且还哭过。

"娘！娘回来了！娘！"晶玉欣喜地叫着娘，欢快地扑到娘怀里。娘笑着抱起她："娘看看你胖了没有？嗬！真重！快成猪娃子了。俺再看看！"晶玉娘仔细端详着闺女："眉眼长开了，比以前漂亮了不少。"

"娘！你哭甚了？"

"娘哪里哭来！那是熬夜坐车熬出来的。看见俺娃高兴的，快说说想娘没有？"

"想啦！俺可想娘哩！还梦见你哩。"

"小巧嘴尽捡好听的说。水冰过来让娘看看你！"

水冰来到娘面前叫声娘，瞅着娘流过泪的双眼，心里猜测一定发生事情了，还是大事情。你想想爹娘一起回来的，一准发生了大事情。娘还哭过，会发生甚事情呢？他心里揣测着。

娘放下晶玉仔细盯着儿子的脸，说："大了！像个小伙子了。学习好不好？五年级功课难不难？"

水冰想吹嘘一下，可娘的神情压制住他内心的冲动。低声道："还行！俺在班里排名前五。"

"好！继续努力。明年六年级该考初中了，一定给娘考个重点中学回来！"

"嗯！"水冰答应着娘，盯着娘的头发看。他发现娘有白头发了，鬓角部位有三四根白头发，心说：娘今年才三十多岁咋就有白头发呢？娘是村里数一数二的漂亮媳妇，长得眉清目秀不说，身材还挺括。娘还特别能吃苦，田里家里所有的活计做出来没得挑。尤其对公公婆婆的孝顺，更是村里数第一。得到村里人的一致赞赏！

那里，爷爷站起来。晶玉娘看到了说："爹！你要喝水吗？俺给你倒去！"

爷爷笑笑回答："不是！俺上茅房。"

"哦！"晶玉娘摸摸水冰的头说："半年没见，俺娃长高了不少，去和你爹打个招呼。俺没听见你们和你爹打招呼。"说着推推俩孩子。

兄妹二人齐声叫了一声爹，来到棚子下。水冰爹望着一双儿女，心里格外幸福，脸上闪过一丝喜色。他答应一声点点头，抬头看看暗下来的天色，说："你们坐过来！奶奶的饭马上就好，水冰把灯打开！"

晶玉积极地答应下来："俺去开灯！"

奶奶在厨房里喊："水冰，你来帮奶奶端饭菜！"

山花烂漫丛中笑 35

水冰立马来到厨房。他低声问奶奶,说:"奶奶!发生甚事情了?不时不节的,他们一起回来?"

奶奶一边把盘子递给他,一边悄声说:"待会儿你爹就告诉你!吃饭时,你千万别问,怕晶玉知道!"水冰点点头,将菜端到桌上。一盘黄灿灿的炒鸡蛋,一盘白绿相间的小葱拌豆腐,切成薄片的猪头肉,凉拌豆腐干,拌黄瓜,糖浸西红柿,还有奶奶的拿手菜油糊茄子。摆菜时间,水冰爹去西屋拿了瓶酒出来。一家人围着桌子坐下。晶玉早把碗筷分好了。晶玉娘坐在水冰和晶玉中间,以往都是坐在水冰爹一边的。

奶奶出来时手里拿了酒壶和酒盅。她说:"俺知道你们咋也得喝几盅!晶玉娘你喝不喝?"

"娘!俺不喝!你喝些吧,喝酒活血,对身体好!"

"哎!娘知道。娘陪他们喝两盅。"

水冰爹打开酒瓶,将酒倒进酒壶里,然后恭敬地给爷爷奶奶斟好酒,才给自己斟满。端起酒盅说:"爹娘!你们尝尝,这是杏花村的名酒竹叶青。祝你们身体健康!走一个!"父子三人干了一盅。爷爷伸筷子夹了块鸡蛋放嘴里,说:"大家动筷子吃饭!"这是杨家的规矩,长者不夹菜谁都不许动筷子吃饭,也是中国家庭礼仪的具体体现。

平时爷爷和水冰爹一瓶酒不见底不罢休。今天爷爷闷头喝了几盅就要饭吃了,沉重的气氛压得水冰喘不过气来。晶玉也感到气氛不对,也不敢叽叽喳喳闹着要吃这要吃那了。一家人默默吃完饭。晶玉娘要收拾碗筷,奶奶拦住她:"你快去歇歇,明天不是还要赶回去上班吗?你和晶玉在东正房休息去吧。水冰和他爹一个屋，去吧去吧，你们都去吧。"

晶玉娘领着晶玉进了东正屋，水冰默默回了西屋。爷爷和儿子没再说话，他陪着儿子抽了一袋烟才回屋。

天黑如锅底，奶奶收拾好厨房，回屋前把院子里的灯灭掉。院里黑漆漆的，只有蝈蝈在缝隙里叫着，诉说着它们的爱情！

西屋里，水冰早已躺到被窝里，他看爹进来，开口问道："爹！你咋不和俺娘睡一屋？和俺挤一屋做甚？"

水冰爹点上烟抽了一口，叹口气说："爹不想和你娘睡！她太脏！"

"瞎说！俺娘才不脏呢。俺娘最讲卫生，多会都洗涮儿得干干净净，这早成她的习惯了！"

"我不是说这个。"水冰爹说着一口流利的普通话。他出去闯荡江湖，逼着自己学了一口普通话！他怕说老家话丢份，也不好和外人交流。他思考再三，硬着头皮说："水冰你坐起来，我有话说！"

"你说呗！俺听着就是了。"

水冰爹说："我和你娘回来是来办理离婚手续的！"

"离婚？"水冰吃了一惊，一轱辘爬起来说，"为甚离婚？！"

"你听我说。"水冰爹心里矛盾着，说还是不说？其实但凡有些良心的人如果说昧良心的话真得难以启齿！可对爷爷奶奶说了，这里必须对水冰说！他压制住自己的内心说道："我和你娘打工不在一个地方，你是知道的。"

山花烂漫丛中笑 37

"知道啊！你们离着一百多公里，就是二百多里地。"

"我在上一任老板的扶持下赚了一些钱，你也应该知道。"

"家里的电器都是你买回来的。"

"赚了钱我就想单干了，和老板商量了一下，就创立了他的分公司，一家公路建设公司。我利用当时的人脉关系，很快就揽到一个公路路面翻新工程，赚了一大笔钱。老板看我不是他能管得了的人，就给了我一半钱，让我另立门户了。我就成立了路桥建设公司，公司固定人员发展到二十人。我接连揽到几个小工程，揽到工程后，我就雇佣工程队来施工，做得风起云涌。后来，我又涉足高速公路的建设，那真是挣钱的工程，"

说到公司的兴盛水冰爹眉飞色舞。

"万万没想到你娘背后捅了我一刀。有人告诉我你娘出轨了，和她们厂的一个当头的好上了，给我戴了顶绿帽子！这消息让我痛苦不堪！差点毁了我。你想我和她离这么远都能传到我耳朵里，动静多大！我立马雇了私人侦探去做调查。"

"俺娘不是那样的人！你一定弄错了。"

"我也是想证明这个说法不正确。子虚乌有！但调查回来的消息表明证据确凿！你娘学坏了！变成一个令人不齿的坏女人！我痛苦极了。心像被挖走了一样。这个物欲横流的世界，爱慕虚荣的女人更容易变坏！我得维护我当男人的形象。趁消息没有传播到咱家乡，把它扼杀在外地。我就去她在的城市找她，想要和她结束这十几年的感情，没想到她挺痛快地答应和我离婚!"

"换了别的女人一定会承认错误,死气白赖央求留下来对不对?她一定认为她办了无理的事,所以才这样痛快地答应离婚!我呢,心里虽然痛苦,但是只有离婚才能使我的心平静下来!只有离婚才能保护爹的脸面,于是我们回来办手续来了。"

水冰的脑筋急速转动着:这是真的吗?娘那么好的人咋能变坏呢?爹说得对不对?是不是这样子呢?水冰的眼睛动也不动,看着爹。

水冰爹见他走神了,说:"水冰水冰!你在听我说话吗?你要相信爹!爹说的都是经过再三调查证实的。这事私下里我对你爷爷奶奶说了!没有告诉晶玉,怕她年纪小受打击!她小,不懂大人们的事。你也别对她说。你是大小伙子了,所以告诉你。千万不许告诉村里人,包括树林,还有那些亲戚。村里人要是知道了,你爷爷奶奶咋活?人活脸面树活皮!这可是咱杨家的名声呢!"

"再说你娘跟了我十几年,得给她留些颜面,她也要活人呢。晶玉我就交给你了,你得担负起保护她的责任,不能让她受到别人的欺负!"

"这个你放心!俺妹妹有俺做主保护!不用你说!"

"我和你娘协议好了,你跟我,晶玉跟她,晶玉的抚养费我出。你们暂时就这样过着,爹在城里买了大房子,等钥匙下来,装潢完,我就把你们和爷爷奶奶一起接到城里去住。你们的学校我也联系好了,争取让你在城里上初中。"

水冰心乱如麻，没有说话。他也不知道说甚好，只是瞅着爹发愣，耳朵里听着爹说话，没往心里去，不知道爹说甚呢。

　　"明天一早，我和你娘去镇上办离婚，直接上县城坐火车走。你一定要听爹的话，保护好妹妹，保护好爷爷奶奶，在爷爷奶奶面前替我尽尽孝道。以后你就别把你娘当娘看待了，她不配做你娘！明天一离婚更没甚事了。她就成了路人！别的我不说了，你心里也会懂。爹最担心你妹妹年少受到伤害，所以千万不能告诉她！天不早了，你睡觉吧，我抽支烟就睡！"对儿子说完这一番话，水冰爹松了一口气，他抽完烟睡觉了。

　　水冰听爹说完话，躺了下来，说甚也睡不着，辗转反侧一夜未眠。他看看爹倒是睡得香甜踏实。爹的话就响在耳边，敲在心上。他心里乱糟糟一片，说甚也平静不下来！

　　西正房里，爷爷坐在炕上，在窗台前抽着旱烟，眼睛盯着窗外，不时叹口气。

　　奶奶在一边劝说道："老头子！你省省心好不好？孩子们的事你又管不住，何必替他们生气呢？由他去吧，村里这事情好几起呢，你又不是不知道。"

　　爷爷长长地叹口气："俺就弄不明白？好好的日子不好好过，这是作死呢！你儿子这事情办得不对！好歹回来和咱们商量商量。也好给他拿个主意？离婚这么大的事，一个人做主说离就离了？把爹娘放到哪里啦！有没有大人了？"

　　"行了！少说几句吧。和你商量你能出个甚主意？再说你能作了谁的主？水冰爹？晶玉娘？你顶多劝劝让他们凑合着过，行吗？"

"那也不能趁由他离这么快吧！"

"孩子们的事由他们决定。咱大人一掺和，你说你能向着谁？一句话不对就会使矛盾激化。矛盾越闹越大，最后还得离，闹得俩家大人不好再见面。邻里邻村的，那样你图个甚？行了！你给咱睡觉。声音低点，别让那屋听见。这事俺看不知道该怨谁呢！但凡有一个好的能离婚？"

爷爷说："俺觉得一定怨你儿子！那小子心眼小，不定干出甚事情呢？"

"俺小子心眼是小，可没有坏心，你看他长大能不知道？"

"出去几年，你又不知道他和谁打交道。说不定变坏呢？"

"俺小子俺知道，变不成甚样样。这事情你别放心里，趁他吧。哎！你别抽烟了，呛死个人呢，少抽几口不行吗！"

爷爷顶撞说："不见俺开着窗户吗？"他心情的确不好！

"过来睡觉！明天早起呢。"

"哪天不早起你让呢？"爷爷说着，关了窗户过来躺下来。老两口翻来覆去，哪里能睡好呢？心里有事的老人是睡不好觉的！

东正房里，晶玉娘候晶玉睡下，然后坐到晶玉身边，凝视着闺女稚嫩的脸。她想着闺女往前的生活，心乱如麻，泪水如泉。晶玉见娘哭，也泪水涟涟，对娘说："娘！别哭了。你快睡觉吧睡着就不哭了。"

"娘不哭！娘看着俺娃睡！闭上眼眼。娘拍拍你睡，听话！娘讲个故事给你听吧。"

"娘！你给俺唱歌吧，娘唱的歌可好听呢。"

"行！娘想想，好久没唱，都忘了甚调调了。"

晶玉娘想了一会，擦去眼泪轻声哼起来。晶玉看着娘慈祥的脸闭上了眼睛，眼角还挂着泪珠。晶玉娘哼着小曲，轻轻拍着晶玉的肩，眼泪止不住的往下流。她看着晶玉酣酣入睡，给她轻轻抹去泪水，想着自己的遭遇！又是一夜无眠！

第二天一大早，奶奶就起来和往常一样做早餐了。今天早上多做了几个菜，因为儿子儿媳回来了。做好饭，她去喊水冰，让水冰叫大家吃饭。

晶玉娘一夜基本没睡觉，听到水冰在对门喊爷爷起床，却没有转过身来喊自己一声。她感觉到了异样，连忙起来，并把晶玉喊醒。晶玉说："娘！俺早醒来了。哥喊爷爷就把俺喊醒来了。"晶玉娘连忙拉她去洗漱，自己也匆忙擦洗一下。便拉着晶玉来到葡萄棚下。水冰和爹早坐着等着了。看到一桌菜肴，晶玉娘说："又做这多菜，娘！让你受累了。"

奶奶笑笑说："养成的身子生就得命！习惯了。俺说你既来家了就多住几天吧？"

晶玉娘说："娘！俺也想呢，可请不了假。"

奶奶说："这是咱地里的菜蔬，不上农药，放心吃！也是你们自己喜欢吃的菜。现在日子越过越好，想吃甚就吃甚，有些人还不知足呢。你和晶玉坐吧，你爹也过来了。"

一家人又是闷头吃了早饭，基本都没有说话。水冰偷眼瞅瞅娘慈祥憔悴的脸，心说：娘样子一点没变啊！咋会变心呢？

爹说她变坏是不是真的？可又不能不信爹的。那可是爹说的话，不是外人说的闲话。娘啊！究竟咋回事？你能告诉俺吗？

饭后，夫妻俩口子背了包告辞要走。一家人把他们送到大门外。晶玉泪流满面不想让娘走！水冰拉住她，全家人看着他们走了，才反身回到院子。水冰甚话没说，背起书包上学去了。晶玉跟了出来，水冰不耐烦地说："你咋又跟出来了？不是说从今往后不要送俺了吗？你咋这么不听话！"

晶玉笑道："俺耳朵聋啦，听不见你说甚？你走你的俺走俺的，关你甚事？"

"那你别跟着俺！你就不要听话，俺以后不疼你了。"

"俺也不疼你，俺让爷爷打你。"

水冰一指晶玉身后，说："那是谁来找你了？"晶玉回头一看没人，转回脸哥已跑远，她撒腿就追。

再说爷爷奶奶回了屋。爷爷叹口气："俺抽口烟，去锄地。这两天雨后草该疯长了。"

"你昨晚没睡好，俺看你尽翻身了，歇一天再去锄地有甚要紧呢？"

"俺锄地为了讨个清净，劳动比在家舒心。"

"俺知道你躲开俺就舒心了。去吧去吧！不招人待见的老东西！"

"俺心里舍不得这么好的媳妇。十几年伺候咱俩没有说过高声的话。她能变心俺不相信。俺猜一定是你儿子骗咱呢！你若不信，走着瞧！一个好人咋能一下变坏呢？"

"俺也知道她是好人好媳妇。可要真不守妇道全村人都会看不起！俺心里也反感。早知道这样，当初就不该让她出去打工。不去打工就没这回事。咱也心静了。说不定你杨家哪辈子缺了大德，报应在儿子身上了！"

"瞎说！"爷爷听到说杨家大人，很不高兴！反驳道："是你李家人犯了戒，咋能怪杨家人呢，这事情得搞清楚。"

晶玉娘李姓，名桂英，和奶奶来自一个村。

奶奶一听责任推过来，急了，生气地说："俺就不爱听这话！俺李家人嫁给你杨家。本来好人，让你杨家污染成坏人！再说嫁给杨家，生是杨家人死是杨家鬼，关俺李家甚事情！"

爷爷乐了，"说着说着就恼了，开不起个玩笑。这还没往下说呢，你既然是杨家人，还说杨家缺德？平时看你懂理讲理。今天说开了糊涂话"。

"都是让你气的！"

爷爷不说话，微笑着盯着奶奶看。奶奶说："还能笑出来。脸皮比城墙还厚哩！"

爷爷说："现在说甚也晚了，咱以前咋对待她还咋对待她。她千般不好也有对咱一好呢。"

"说得对！俺也是这样想的。人不能亏心，老天有眼呢。你要有空对水冰解说解说，俺怕那孩子心思重想不开。你不见刚才对娘的态度？"

"看见了。不过这解说还得你去。他就听他奶奶的话，俺的话过耳风。"

"这一点点小事办不了，你还逞能？行了！去你的地里吧。俺找马奶奶说说话。"说着奶奶看见晶玉回来了，就说：

"晶玉！和奶奶去马奶奶家玩好不好？"

"不去！俺瞌睡了！"

"刚起床你就瞌睡？是不是不待动？"

奶奶摸摸她的额头，"没事别老睡觉！要不和爷爷地里玩去"。

"嗯！俺和爷爷去地里。地里有野兔子呢，俺让爷爷抓一只给俺玩。"晶玉说着拿过爷爷的烟袋出门去，奶奶连忙拿顶草帽追上去给她戴上。晶玉蹦蹦跳跳地和爷爷上地里去了。奶奶目送他俩不见影子了，才向马奶奶家走去。

六

爹娘走后的第二天是星期日，爷爷早早去了地里。水冰想睡个懒觉，但心烦意乱睡不着，只好起床了。吃过早饭，奶奶见他闷闷不乐，心里知道他为了爹娘离婚的事闹心。笑着说："水冰领着晶玉去地里看看爷爷去吧，去地里走走就有精神了，不要死秧害命窝在家里。"

晶玉高兴地直拍手。她最喜欢和哥一起玩。水冰冷冷道："要去你去！俺不去！没心情，"

"奶奶！俺哥不领俺去看爷爷！"

奶奶瞟了水冰一眼，"你哥变成大姑娘了，有心思了。他不去，俺娃一个人玩吧"。晶玉不满地哼一声："坏哥哥！"

这时，树林跑进门来，高兴地说："水冰哥水冰哥！咱去东山峁玩吧？"

水冰看他这么兴高采烈，很烦他，冷冷道："又想吃鸡啦？去甚的东山峁？"

树林挨了呛，怏怏道："你咋这样呢？抓人错误不放？你咋是这样的人呢？"

水冰："俺就是这样的人，你才知道？说话连哥都不叫了！"

"俺叫了！你没听见？俺招谁惹谁了。一大早遇上……"他不敢把那个字说出来。他乜见水冰瞪着眼，"遇上鬼是不是！俺替你说"。

"水冰哥你……。"树林不敢说话了，低头看着地下的树叶。

奶奶怕水冰窝在家里生闷气。她从菜缸里捞出块咸菜，放在一个塑料袋里提着出来，说："你们不用去玩。帮奶奶把咸菜送给马奶奶。让马奶奶切丝，拌些香油、醋可好吃呢。俺几天没见马奶奶，想着她呢。让你们替俺看看她。水冰去不去？"

水冰想了想，确实几天没去看马奶奶了，那就过去看看吧，也别拂了奶奶的好意。他伸手接过塑料袋向外就走。

晶玉追过去："俺也去看马奶奶家的大绵羊！"

树林见奶奶在给自己使眼色，也跟着说："俺也去看马奶奶。"

奶奶见他们出了院子，放下心来，叹口气，心思：两口子离婚对水冰打击太大！这要不纠正，怕水冰扛不住钻了牛角就麻烦了。得找时间好好给他讲讲道理。想着她进屋了。

水冰提着咸菜，晶玉蹦跳着前面领路。树林在后面默默跟着，他有点怕水冰的脸色，所以不敢说话。

来到马奶奶家。晶玉老远就喊道："马奶奶！马奶奶你在家吗？"

马奶奶笑眯眯地迎了出来："在家在家。是你们哥三。进屋进屋！"

水冰把咸菜递上。"马奶奶！这是俺奶奶腌的咸菜，奶奶让你切丝拌上香油醋。可好吃呢"。

马奶奶接过来："回去替俺谢谢你奶奶！也谢谢你们给俺送过来。水冰奶奶看你脸色不好看。是不是不待动哩？"

"没有！俺身体棒着呢！马奶奶！晶玉要看你家的羊。"

马奶奶说："在南山坡上放着呢。以前放在小树林里，尽啃树皮，把树都啃死了。你孙叔叔打了一根钢钎，就把它扦在南山坡了。省得糟害树木。"

水冰说："俺们去看看羊。"回头瞧见树林："你咋不说话？哑巴啦？""你才哑巴呢。你的脸色黑得怕人。俺哪敢说话？你总是脚疼怨孤拐。拿俺出气。撒气！当俺傻瓜？哼！马奶奶俺们去看羊了。"说罢拽着晶玉跑走了。

水冰和马奶奶告别一声，默默地追他们而去。

南山坡虽然是个背阴的山坡，但土地肥沃，这里的植物长得很茂盛。马奶奶的羊就在坡上放养。那是一只大绵羊，很无奈的转着圈吃草，因为它被铁链子扦在一隅。一看到羊，晶玉就飞跑过去，一把搂住羊的脖子，绵绵自己的脸。马奶奶家的羊分外干净，身上的毛雪白雪白的，是一只人见人爱的绵羊。马奶奶没事时就拿洗衣液给它刷洗。晶玉解开扦子，拽着链子让羊拉着自己跑着玩起来。

水冰躺在一片青草上，嘴里嚼着根草茎，看着蓝天发呆。树林坐过来说："水冰哥！你咋啦？今天特别反常，挨爷爷骂啦？"

水冰无法对树林述说心里的烦恼，有点不耐烦但又不好意思表现出来，淡淡地说："没有！你和晶玉去玩吧，让俺静一静。"说着用胳膊堵住眼睛。

树林见状跑去找晶玉："晶玉一个人玩有意思没？哥和你玩！"

晶玉见有人和自己玩非常高兴，笑道："树林哥！这羊可爱吃野花呢。你给俺采一大把来，俺喂它。"

"好嘞！"树林高兴起来，奔跑着满山采野花，不一会就采来一捧野花，递给晶玉。晶玉乐呵呵地喂羊吃。那羊几口就把一捧花卷到肚子里去了。

晶玉兴奋地说："树林哥你再去采！"

"不采了！累死了！跑得俺气喘吁吁。"他眼珠一转提议道："咱骑羊玩吧？"

"羊能骑吗？树林哥。""当然能骑！你看这羊这么大个，你骑一定没问题。你想不想骑吧。""想骑！"晶玉跃跃欲试。树林说："俺给你当羊夫。"说着他一只手牵住羊脖子上的铁链子，一手扶晶玉往羊身上骑。羊挣扎着不让骑。晶玉兴奋地直嚷嚷："小羊羊！你别动！让俺骑骑你。"可是骑不上。树林想了想，一只手拽住羊脖子上的项圈，箍住羊；一边用腿顶着羊的前腿不让它动；另一只手扶着晶玉骑到羊身上。

晶玉激动地大叫："俺骑上羊了！俺骑上羊了！树林哥你放手，你放手！快放！"树林开始不敢放手，看晶玉一再催促。他把手里的链子塞给晶玉，然后放开了对羊的控制！大绵羊哪里让人骑？一个劲地蹦跳，一下子就把晶玉掀翻在地上，跑到一边去了。

晶玉一头杵到地上，一边是摔得，一边是吓得哇哇大哭起来！

水冰几步就窜了过来，赶紧扶起晶玉。晶玉额头被杵了一大块皮，晶晶的渗出殷红的鲜血。他心疼极了，轻轻地给她吹吹伤口，一边劝慰说："别哭别哭！没有大破，只是破了一点皮。"

树林吓得目瞪口呆！不知道说甚好，低声辩解说："是她让俺放手的。没想到羊劲这样大！一蹦就把她摔下来！俺都来不及伸手捞她。"

水冰恼怒地推他一把：："你还有理？你说你这大人了，见过谁骑羊？这不是害人是甚？"

树林喃喃地说："封神榜上写着骑羊打仗，俺刚看的。"

"那是神仙谁能比？你把羊拉过来骑一次试试。"

闯了祸的羊早在一边香香地啃草吃去了。树林无语了。他看看羊，又看看哭得梨花带雨的晶玉，退后俩步不敢说话。

水冰愤愤地说："你不敢骑让晶玉骑？不是害人是干甚？"

"俺寻思羊这么大个，晶玉瘦小骑了没问题，没想到一只羊挣扎的劲这么大！"

"你没想到的事多了去了。"

晶玉呜呜哭着，听到哥的话又加劲哭起来，一边埋怨道："都怨树林哥放开链子，摔得俺这么疼。疼！你还不让俺摸。呜呜！"

"好了好了，不哭了!伤口一摸有细菌容易感染。这是奶奶告诉俺的。晶玉是个好孩子，不哭了。"水冰哄着妹妹。又冲着树林大声嚷："你窝在这里做甚？还不快去把羊扦住！等馍馍等菜呢！"

树林急忙去抓羊，跑了一圈才把羊抓回来扦到原处。

晶玉这时哼着哭。："俺疼！哥！俺疼呢。"

水冰对树林说："罚你背晶玉回家！快点！"

晶玉哼着说："俺不让他背。哥！你背俺！"

水冰毫无办法，说："你不让他背，罚俺背？"说着蹲下背起妹妹。向家里走去。树林忐忑不安的默默地跟在他们后面。

晶玉说："都是你让俺看羊把俺摔得流血！俺回去告诉奶奶。让爷爷打你！你早说给俺买羊羔也不买，要不俺能摔了？"

"俺甚时说给你买羊来？"

"两只小鸟鸟死的那天。你说买兔子，俺说买羊羔，你答应的好好的。到现在也没买！"

"怪哥怪哥！俺忘的个一干二净，不然早给你买了。"

"还是不亲俺！俺的事你就忘。奶奶的事你概不会忘！"

"你不要怪哥好不好？又不是哥摔得你。是树林让你骑羊，俺可没让你骑羊。他让你骑羊时俺听得清清楚楚。"

"俺不管！俺就怪你！"

一回到院子里。晶玉又放声大哭起来，她心里委屈极了。这哭声把水冰、树林吓了一跳。奶奶听到哭声赶忙跑出屋子！一边说："小祖宗！准是你哥又欺负你了。哭得这么伤心。"

当看到晶玉头上的伤口时，奶奶心疼得几乎像刀子割心一样。一把拉着晶玉看伤口，一面骂水冰："让你领孩子玩一会，你就把孩子摔成这个样子！你咋地当哥的。"又说晶玉："你也是，就不能自己玩？非让他把你弄成这样你就歇心了。这是碰到哪里了？在哪里磕的？"

晶玉哭道："俺哥不和俺玩，让俺骑羊玩！羊不让骑！摔了俺。疼死俺啦！奶奶！"

奶奶生气了："水冰你咋地让晶玉骑羊？你就不教好！"

"奶奶！是树林让她骑的！不是俺！俺又不是傻瓜！"

"你是当大的不阻止。他让骑你就同意了？大教头！不怪你怪谁！"

奶奶赶忙到厨房拿来香油，又跑到西正房拿来棉球酒精。她先用酒精给晶玉伤口消毒，疼得晶玉使劲叫着嚎哭。奶奶嘴里念叨着："不哭不哭！马上就好！"消毒后，奶奶把香油给晶玉抹上。

晶玉很快不哭了。

奶奶问："现在疼不疼？"晶玉摇摇头，说："不疼了！

刚才火烧一样疼!"奶奶说:"你以后敢不敢再和他们去玩了?"晶玉坚决地说:"俺不和他们玩了!"奶奶说:"这就对了!以后不许和他们玩!你一个女孩子和他们玩甚哩。告诉你们,小磨香油治疗外伤很有效果!水冰这得怨你!你领导他们还是他们领导你?!把俺娃摔成这样子,牺惶的俺娃哭得嗓子都哑了!"

"俺都说是树林让晶玉骑的羊!还怨俺!"

"你俩都有责任!有一个劝阻能摔了俺娃啊!晶玉和奶奶进屋歇着去。"

晶玉拉着奶奶的手走向西正房。趁空,她调皮的扭头给哥做个鬼脸。回屋里了。

水冰松口气,转脸见树林木头人一样站着。说:"你还不走?等一下奶奶回过神来骂一顿才歇心?才解气?"树林笑笑赶紧跑了。水冰坐到葡萄棚下,俩手托着腮帮子,俩肘拄着桌子发起呆来。

不一会晶玉睡着了,奶奶出来找水冰,见水冰发呆,她坐到水冰对面。

"水冰!告诉奶奶你想甚呢?"

"没想甚,晶玉睡觉了?"

"嗯!你想甚奶奶猜地见。是为你爹娘离婚的事情烦恼呢。水冰啊!离婚是他们大人之间感情出了问题,不关你们孩子们的事情,他们咋办你们改变不了。爷爷奶奶都无法改变。奶奶知道你为这事情想不开,接受不了这个事实。奶奶只想告诉你!你不用去考虑他们谁对谁错。只记住一点:他们永远是你的父母爹娘。你想想天下有多少离婚的家庭，多少离异家庭的孩子。连咱这小小的山村都有五六对呢。离婚是人之常情。生活中吵吵闹闹，感情破裂，过不下去了离婚各走各的，各找各的幸福，这很自然。奶奶怕你钻了牛角，想着研判谁对谁错，那你就错了。你不该掺和这个问题。"

"俺爹说俺娘是坏女人！俺爹说得对不对？俺娘那么好的人变坏了吗？俺该相信谁呢？"

"你爹那样说，你信不信？"水冰摇摇头："俺不知道！俺就在想这个问题呢。"奶奶说："不要想啦。你爹这样说，你娘咋说的呢？你问过你娘没？一只巴掌拍不响。俺想他们俩个人都有错！不然咋会离婚？婚姻是俩个人的事。一个人说了不算。责任有大小之分，对错无法判定。作为孩子千万不要掺和到他们的感情生活里去，因为你们不懂复杂的感情。"

"奶奶知道你不高兴就是这个由头。所以让你去地里走走，没想到害得晶玉磕破头。所幸磕的不深，不会破了相！要不然奶奶咋对你娘说呢？"

"奶奶！你说的俺都懂。可就是想不通。奶奶！这个秘密俺一定保守在俺心里，坚决不让别人知道！他们一知道就会瞎猜想，乱说话，害俺丢人！"

"世上没有不透风的墙，早晚人们会知道，纸包不住火。人们知道怕甚？知道就知道呗，没甚可怕，可怕的是你把它当成事！如果你想它不是事，那就不是事！主要看你的想法。你听奶奶的别把它放在心上，这事情就过去了。"

"外人知道俺娘那么坏，背地里会骂俺娘，俺不想让他们

山花烂漫丛中笑　53

骂娘！"

"正常的议论又能咋？走自己的路由别人去说！皇帝还有人说三道四呢，谁能堵住人的嘴？再好的事情有人说，再坏的事情有人支持。你好好想想奶奶说的话，想开了就好了。"

"俺想娘不会变坏！可俺爹的话能不信吗？爹是俺的偶像，俺一直崇拜俺爹，两手空空奋斗出一个公司来，是个有能耐的人。说俺娘坏话的人是俺爹，俺咋办？"

奶奶笑笑："又绕回去了。时候不早了，该做饭了。你去小卖铺买瓶酒回来。爷爷馋酒了！给你钱。"

"俺有钱！俺爹给的。"

"你爹用钱收买你呢！"奶奶笑起来！

七

这天中午，水冰下学回家。艳阳高照，大地蒸腾着岚气，苍翠的庄稼在风中像阵阵碧波荡漾。一股芳香沁人肺腑，让人心胸开阔不少。水冰心里高兴起来，他由着性子沿路嬉戏着，一会揪一把玉米须子；一会仔细看看硕大的谷穗；一会钻进玉米地里，掰一穗刚灌浆的玉米棒子，扒了皮大口啃起来。玉米浆水像牛奶一样香甜，咬一口一嘴白白的乳液。水冰香甜的吃完，又给妹妹掰了一穗，然后向家里跑去。

院里饭桌旁，爷爷奶奶和晶玉围着桌子坐着，等着水冰回来开饭呢。水冰把玉米递给晶玉，让她吃。晶玉怀疑说："这能吃吗？生得呢！"爷爷告诉她能吃，好吃，在地里饿了、渴了俺也掰一穗吃呢。这刚灌浆的玉米，最好吃！"晶玉说："放下俺一会吃，俺先吃好吃的。"

原来桌上摆着烧鸡烤鸭呢，水冰说："奶奶！今天是甚日子？买这多好吃的？俺在路上就闻到了。"晶玉笑嘻嘻地说："俺哥的鼻子这么长。狗鼻子。一天就闻吃的，是个大吃货！"

水冰满不在乎地说："那是！爷爷说能吃才能受！吃不多的人没劲干活。"

奶奶笑道："你说的是老皇历，现在不拼体力了，拼脑力。有脑子的人才吃得开！"

爷爷察觉到奶奶说话的漏洞，说："谁也长脑子，现在会用脑子的人吃得开，发展得好。要说俺顺义也是会用脑子的人，几年弄了个公司，听说规模不小呢，也没去看看甚样子？多会有时间了俺领你去看看。咱也去大城市见识见识！"

奶奶说："你一辈子就窝在村里，一步不想离开。还卖嘴领俺出去转呢，等到猴年马月去吧。"

"奶奶！等俺长大了领你去！咱去全世界转转，不用只靠爷爷！"晶玉对奶奶说。

"好！俺等着你。快吃饭！水冰给你爷爷斟酒！陪你爷爷喝一杯。这酒是你三叔孝敬你爷爷的。"

"三叔？三叔回来了？不是失踪了么？"

"三叔没失踪！昨天晚上回来的。刚刚来看爷爷奶奶，这些好吃的就是三叔从北京带回来的。三叔还说要申请宅基地盖新房呢。"

奶奶亲切地瞅着晶玉。说："晶玉小巧嘴说得挺圆满，不落一星点。"

水冰由衷地说："这下不用再担心三婶和树林的生活了。怪不得俺在学校没见树林呢。原来三叔回来了。俺还寻思这小子又逃学呢，正计划吃完饭到三婶家告一状去呢，这下免了。这是得好好喝一杯！爷爷，俺给你满上。咱爷俩走一个！"

爷爷笑着端起杯子，说："听听！这都是酒场上的行话。不知道从甚地方学的。现在的娃娃们没有父母管教，甚不好学甚！来！走一个！"

爷孙俩喝起来。

奶奶给晶玉和自己盛了饭，让晶玉吃，又盯着水冰看了一会说："水冰像不像你家顺义小时候？"

"像！顺义也是十几岁开始喝酒的。"

晶玉端起大米碗："俺祝爷爷奶奶寿比南山，福如东海。干杯！"

水冰："又不是过生日，你又没酒，凑甚热闹？"

晶玉掬起鼻子咔他一声，抢过爷爷的酒盅一口而干。热辣的酒直呛得她眼泪鼻涕流出来，猛咳起来。奶奶急忙给她拍背，又把菜汤喂她止辣，心疼地说："你不会喝酒呈甚能？酒不能这样猛喝！真是一个傻丫头！"晶玉眼噙泪水说："都是俺哥害得俺！"水冰说："俺可没让你喝酒。"奶奶不满的哼一声："就是你个大教头欺负俺孙女，你不激她，她能喝酒？俺在一边看着听着呢。""奶奶你总偏向你孙女！你会把她惯坏的。""谁在理俺偏向谁？你明明不对么！"水冰无奈的端起酒杯："爷爷你说谁的错？要俺错了俺喝三杯。"爷爷笑起来："哈哈！你肯定错了。人说食不语，你今天话这么多，错在先，这是一。这二么？你那天让晶玉骑羊摔了她。多亏伤好了没留疤痕，要不俺一定找你算账。你错在先。喝三杯吧！""爷爷！"水冰叫起屈来。水冰没有得到支持还碰了一鼻子灰！"爷爷！俺说一你偏说二。这哪里是裁判！是把俺往稀泥里和呢！俺到哪里去讲理！喝就喝。这点酒量俺有。"

大家都哈哈大笑起来，晶玉咯咯咯笑得最开心！

水冰又要倒酒。奶奶拦住他。"不许喝了。你爷爷逗你呢，快吃饭，你不是还要去看三叔吗？"

水冰："好吧！俺认输！俺在爷爷奶奶面前，甚时候也得败给小丫头片子。"

爷爷奶奶笑着。奶奶说："你是大的就得让小的！你就上菜慢慢吃。"

晶玉说："爷爷！你不是要给俺哥讲三叔的故事吗？你给他讲呗。"

奶奶说："好人好报这道理一点不假。人哪，行善做好事，结果一准错不了。"

爷爷说："他三叔心本善良，又懂得孝顺，而且在村里时经常助人为乐养成了好习惯，去了城里又做好事。上天就给他安排了与贵人相识的机会。"

爷爷奶奶的对话强烈地吸引了水冰，他也央求爷爷讲讲三叔的事情。晶玉在一边也想让爷爷讲。

山花烂漫丛中笑 57

爷爷抿口酒，说："你三叔去打工。到了城里租了一间地下室，是一个很偏僻的地方。安顿好住处，他就出去找工作。他走着来到大路上，看见一位衣着得体的老人坐在马路牙子上，就向前问老人路。老人看看他低下头，嘴里嘟哝着饿饿饿。你三叔感觉不对劲，就详细询问老人。这要换了别人早躲到一边去了，换了我也躲开走了。你三叔询问着，老人只说饿，不说别的。你三叔动了恻隐之心，尽管交了房租后兜里只剩十块钱，还是拉着老人到早点摊上要了一碗粥，一份饼，让老人吃。老人呼噜呼噜全吃光，坐着歇了一阵。看老人有了力气，你三叔就问他住在哪里？老人指着右边的路。三叔想反正自己也是走着去找工作，顺路把老人送到家算了。他放着工作不找，扶着老人一路走一路问，从早上问到天黑，也没找到老人的家。他不知道走了多少路，走了几条街。兜里的钱给老人吃了中午饭，只剩下几个钢镚。天黑下来，他有些绝望。咋办？他想实在找不到老人的家，就把他领回地下室住一晚。明天送老人去派出所。可老人说走不动了，咋样回去成了难题。走了一天，回去也得一天！打车钱不够，这可咋办？"

"正在发愁！一辆小汽车停在他们身边。车上下来一男一女直喊老人爸爸。又不停地对三叔说着感谢的话。原来老人患了老年痴呆症，一不小心出门走失，今天是第二天了。一大早夫妻俩人去派出所报了失踪人口，接着开车又在市里各个角落寻找到现在，又怕老人在什么地方饿昏，又怕跑到城外去。正心焦呢，看到他们高兴极了。夫妻把老人搀扶到车上，诚恳力邀您三叔上车。你三叔当时也实在没有地方去，就上了车，一起来到老人的住处——开车人的家。开车人是老人的儿子，叫唐永生。"

"进了家门，唐永生夫妇把老人安顿好。唐妻去做饭，唐永生来到客厅和你三叔叙谈。你三叔说了自己的情况，以及把遇到老人的情况说了一遍。他说：ّ俺是第一天来城里，甚都没有着落，人生地不熟请你们多指点！'唐永生听到这情况心里很是感动，非留下你三叔吃饭。你三叔不好意思，但想到兜里没有钱，走了一天也累了，就留了下来。"

"唐妻做好饭，把公公搀上桌子，给老人盛好饭。她才坐下来陪吃饭。吃饭中间，唐永生告诉你三叔他开了一家中介公司，是专门介绍出国劳务的公司。并且问你三叔想不想去非洲工作？劳务三年，建设一座火车站。要愿意明天就可以操作，不愿意就等有了国内的劳务介绍再过去。你三叔说他就是一个初中生，没文化，只是在村里盖过房子，只会点木工，不知道去那里行吗？唐永生说行，会木工就很好。去了一定能派上用场。还说大哥你是个老实人，他就喜欢这样的人！你三叔知道劳务工能赚钱，马上答应了。"

"第二天，唐永生就领着你三叔体检，照相办护照，还给你三叔买了一些生活必需品，比如毛毯，蚊帐，等等。唐永生也是一个好人！换个人谁会这样帮一个素不相识的陌生人呢？这叫两好合一好！好在一块了。忙了十多天，成了！你三叔一忙就忘了打电话告诉家里人了。他们坐火车到了广州，然后又坐轮船去的非洲。"

"这一去就是三年。到了非洲工地，你三叔想起告诉家人。一问打一个电话得花六七十块钱，舍不得。想想三年时间很快就到了，就不打电话了。从此一门心思地扑在工作上。由于唐永生的推荐介绍里他会木工。主管把他调到木工组。木工的活计相对轻松一些。由于你三叔勤勤恳恳地工作，受到主管的表扬，还给他加了薪酬。"

"三年后。你三叔又续签两年。这一走就走了五年！"

"五年咱这里毫无音讯。报了失踪人口，都以为他死了呢。五年底，工程彻底完工。领队领着他们在非洲大草原上玩了一圈。他便乘飞机回到北京，然后坐动车回来！你三叔苦也受了，累也累了，钱也赚了！飞机轮船动车都坐过了！还出了国！见了世面，成了咱镇里少有的几个出过国的人！让俺眼气呢！"

"你三叔说先盖五间房，把你三爷爷三奶奶安顿好，再去打工。他说要去找你爹，在你爹那里打工！他听说你爹的公司能赚钱！"

"你们看作善事有善报。他不使好心拿仅有的钱给老人买饭，帮老人找家人，他能碰到出国劳务的好事吗？人啊！做事得对得起良心，千万不能做缺德的事情！"

爷爷讲完后喝了口酒。

水冰说："三叔是好人，也是走运的人。俺也是讲信用讲仁义的人。"

奶奶笑着说："王婆卖瓜自卖自夸，你的好得让别人信服，别人夸赞才行！"

水冰说："自己不说，别人不知道。谁来发现人才？不是把人才埋没了吗？"

爷爷说："是金子总会发光！土里埋不住珍珠！伯乐相马。只要你是那块料，总会遇到贵人。老婆子你也喝一杯？尝尝这个酒？不错挺入口。"

"不喝！你也吃饭吧。一个人喝两壶了。再喝把水冰灌醉，水冰咋去上学？"

水冰笑道："俺的酒量大着呢。再来两壶也不会醉！俺实验过，就俺爹和爷爷喝剩的半瓶酒，俺一口气喝完没有一点醉意。"

"看俺娃能的！半斤不醉。长大叫你酒鬼算了。"奶奶说着给爷孙两盛上米饭。

水冰说："俺听奶奶的，不喝了。吃完饭俺去看三叔，不知道三叔认不认识俺啦？"

晶玉说："三叔晒得像块黑碳！"

水冰说："那是健康色，国际流行色。你还小！不懂！奶奶俺吃完了。俺去看三叔。"

"俺也去！"晶玉放下筷子。

水冰说："见人做甚你做甚？狗儿放屁你答应！"

"奶奶你看俺哥说俺是狗。"

奶奶说："你哥怕你中暑。你别去！大晌午跑甚呢！你和爷爷睡午觉去！"

水冰趁他们说话飞快地跑走了。晶玉跺着脚嚷："奶奶俺哥不领俺去！"

奶奶笑道："他不领，你不认识路吗？不会自己去？"

晶玉恨恨道:"坏哥哥!俺还不稀罕去呢。奶奶,俺和你洗碗吧?"

"不用不用!俺娃听话睡午觉去。正房凉快。"

爷爷乐呵呵道:"咱到正房里凉快去。看你哥晒个大红脸!"

八

没几天学校放了暑假。假期里,水冰天天陪爷爷到地里干农活。可他不喜欢戴草帽,嫌热!真的把他晒了个健康色。奶奶笑话他:"晒成黑小子,哪家姑娘嫁给你呢?""俺才不娶她们呢!"水冰羞红脸。人们看不出来,他的心砰砰砰乱跳。

暑假眨眼过去了。暑假期间,三叔到水冰爹那里上了班。他没有盖房子,说先看看行情,合适的话到镇上买套楼房,也当当城里人。

九月一日,学校开学。水冰领着妹妹到学校报到。路上晶玉心里忐忑,有些忙乱着慌,又有些高兴和激动。水冰给她讲了些学校的规矩和礼仪,比如见到老师要问好鞠躬等等。晶玉好奇地听着,点头应承着。

树林在旁边说:"一切不要怕!有俺和你哥罩着你!谁敢对你说句不好听的话,你就到五年级找俺们!哥们和他们理论!"

晶玉听着直点头!

中心小学设在齐村，离杨村五里多路。校牌上写有"青山镇中心小学"黑体楷书，是镇上文化名人所书。两个门垛子由钢筋水泥浇筑而成。上面由钢筋焊接着一个拱形架子。架子连接着两个垛子，还封了铁皮，写着《好好学习天天向上》，油漆粉刷一新，鲜亮如初。进了校门，一个不大的操场，左边筑一个讲台，讲台对面竖一根高高的旗杆。操场上有一对篮球框，四周种着一圈柳树。柳树茵茵让人看着凉爽。树下空隙里衬着一个个小小的花圃，长满了月季、串串红、小失菊、美人蕉等等。

水冰告诉妹妹："一会全校师生都来这里集合，举行升旗仪式，你也会来。咱先去你们班里报道。"三个人来到一年级，年轻漂亮的罗老师笑眯眯地立在门口迎接新生。

水冰上前给罗老师鞠了一躬，晶玉学着也鞠躬，树林看着也鞠了一躬。

水冰说："罗老师！这是俺妹妹杨晶玉，请您多管教她。"

罗老师笑着说："好的好的！先进教室坐下，一会按个头排队安排座位。杨晶玉进教室吧。"

水冰说："一会哥来看你。进去吧！"

树林推推晶玉："进去！有甚不好意思呢？"

晶玉进了教室后。水冰、树林告别罗老师回自己教室去了。

中心小学六个年级六个班，一年一个班。一共四排瓦房。三排当教室，一排当办公室和老师宿舍。

八点钟铃声一响。各班学生在老师的带领下来到操场。升旗仪式后，校长简短地讲了几句话，算作开学典礼的祝词。新的学期开始了，晶玉进入了学生时代。

晶玉很快地融入到了学习生活中。她最喜欢语文，沉浸在abcd之中，对数学不太喜欢！

这天早上，晶玉和哥哥相跟到校门口时，晶玉告诉哥她去买根铅笔。水冰点点头独自进了校门。晶玉攥着钱来到校门一边的小卖部。小卖部里人不多。六年级的大个子和小胖子在买香肠，可是差一块钱。看见晶玉进来，大个子说："小妹妹借一块钱给俺，下午还你！"晶玉说："俺没有钱。这一块钱要买铅笔。""铅笔你可以借同学的用用，这钱借给俺了。"大个子说着没等晶玉同意一把拽过钱来，递给老板。拿了香肠，和小胖子走了。晶玉气得哭起来，大喊："甚人呢抢人的钱？"她无奈地走出小卖部，正巧碰到来上学的树林。

树林看她流泪了。急忙问："你哭甚哩？丢钱了？"

"没有！俺的钱让他俩抢走了。"晶玉指指前面有说有笑的大个子和小胖子。

"甚？这还犯了抢了！朝他们要去！"树林义愤填膺！可当他看到大个子和小胖子时，气馁了，心里有些犯怵！改口说："走！咱先去找哥去！"

树林领着晶玉来到五年级教室。树林站在门口大声嚷道："水冰哥！六年级的大个子抢晶玉的钱。你管不管！"

"抢晶玉的钱？你是干甚的？就让他们抢啦！"

"俺当时不在现场！去不去找他们？"

水冰怒气冲冲地冲了出来,大声说着:"敢抢俺妹妹的钱。这还了得?不知道马王爷长几只眼!找他们去!"

门口的晶玉见哥哥生得气比自己还大,心里有些胆怯,想阻拦哥哥!树林一把拉住她,跟在水冰身后气冲冲地来到六年级教室。

六年级教室几乎坐满了人。

水冰气势汹汹地大声道:"谁欺负俺妹妹了!站出来!你有本事冲俺来!欺负一个小女孩算甚?"

树林伸手一指:"就他们俩!这大人了抢小女孩的钱!"

全班人的目光齐刷刷聚到他们身上。大个子和小胖子恼悻悻走过来!

大个子说:"你小子胡说八道!俺是问她借的钱!下午就还!"

水冰说:"借钱能把人借哭?俺就不信了!"

树林说:"就是抢的!根本不是借!"

大个子说:"你胡说俺抽你!"说着扑向树林。水冰一伸手拽住他的肩,两人打起来。小胖子上来帮大个子,树林使个绊子,差点让小胖子摔倒。这俩人也打起来!四人捉对打。大个子被桌子腿绊了一下摔倒了。水冰扑在他身上,又撞倒了桌子。教室里人声鼎沸!闹嚷冲天。学生们有的拉架,有的打擦边球!趁机出一拳,踹一脚。谁不想热闹一下呢?有的还喝彩呢,有个同学大叫起来:"流血了!流血了!谁的头破了!别打了!一会出人命啦!"

晶玉在门口吓坏了。她哭喊着:"别打了别打了!你们别打架了！"这时候谁能听她的话呢？

直到几位老师闻讯赶到，才把他们拉开！水冰的头被桌子磕破了，流着血。大个子的鼻子让水冰的头杵得流了血。树林得了个熊猫眼。小胖子基本没有外伤。四人衣衫不整，气喘吁吁。

老师直接把他们带到校长办公室，当然离不了当事人晶玉。一位老师低声告诉校长情况。校长是一位五十岁左右的壮年人。他盯着学生们看了一阵。上课铃响了，校长说："张老师你领你班学生去卫生院包扎一下，其他老师去上课，去吧"

他们走后。校长对留下来的学生说："你们有功了！在学校里打群架！好！好！是叫你们家长过来一起解决还是我来解决？征求一下你们的意见。"四个人都不敢说话。

晶玉担心哥哥的伤重不重。大个子和小胖子无所谓，他们家长在外地。树林有些怕，这事要让他爹知道可不得了，他爹急性子，一定打残自己。

校长说："你们知道学校是教你们学习知识，学习做人的地方，是体现文明礼貌，平等团结的地方。不是让你们切磋武功的地方！打架！而且打群架，你们知道后果吗？你们触犯了法律，那是要坐牢的！尤其你们两个，马上小学毕业升初中了！难道你们想在你们档案里加上一条？背个处分进初中！这是一生的污点！会影响你们今后的生活！你们多大人了？欺负一个小女孩？挺有能耐是不是！老师教给你们的仁义礼智信都当饭吃了吗？"

小胖子嘟哝说："俺们就是借钱不当！"

"有理了！是不是？没有一个对的！有一个好的能打起来！回去做检查！下午上学交给我。一定要深刻！不深刻明天不要来上学了！"

"小同学！你说说事情经过。过来说。"

水冰包扎好伤口回到校长室，学生们已经回教室上课去了。他站到校长面前，低着头受训。

校长严厉地说："事情我已经了解清楚了。你妹妹已经原谅他们了，你呢受了伤。我也不再批评你了，只想告诉你，你们打架双方没有对的。你如果知道你妹妹受了委屈，你可以告诉老师！让老师来解决。你一点错都没有！我还得表扬你。可你却去打架！学校什么地方能容忍你们打架！在这里打架成何体统！你们都必须做出检查，必须深刻！看你们对错误的认识程度来做出相应的处理！你知道明年你马上就要升初中了！难道真的想背个处分上初中？学校里的处分会影响你们今后的生活。你们一定要接受教训！改正错误！你去上课吧，写一份深刻的检查明天一早交给我！"

"你的医药费大个子出。他的责任大！记住今后不许在学校打架斗殴！否则严惩不贷！去吧！"

水冰回到教室，张老师已经在讲课了。张老师向他指指座位，示意他回座位。他默默地坐下来，心里不甘，寻思着报复的办法。树林在隔座向他打招呼他都没有注意到。

下了课，同学们围着他询问事情的经过，他让树林说。自己躲到教室外面去了。

中午下了学。水冰、树林相跟着来到校门外。晶玉早已等着了。

晶玉关切地问:"哥!你的头疼不疼了?"

"不疼!就当蜜蜂叮了一下。这点小伤口算甚?树林你把晶玉送回俺家。听到没有?"

"保证送回去,你干甚去呀?"

"俺有事要办。晶玉回去不许对爷爷奶奶说打架的事。省得他们生气!一个字也别提。"

"嗯!俺知道你怕爷爷打你。爷爷最讨厌打架!"

"别瞎说!俺打架还不是为了你?你们走吧。"水冰说着把头上的纱布绷带扯下来,团巴团巴扔到一边地沟里。树林认真地盯着他的伤口,笑道:"就这么一点伤口?你就打包得像个伤兵一样?唬人呢吧!""去!俺没有那样的心思。谁像你?"说罢,水冰扭身顺山路跑走了。

树林把晶玉送回家,然后才回自己家。他是水冰命令的忠实执行者!

山间小路曲曲弯弯,旁边是梯田庄稼,靠山一面是坡,坡上是茂密的杂树林。水冰来到这一片林中,坐到地上,顺树缝向外观察着。

不一会,下学回家的大个子从小路走过。水冰一下子兴奋起来,像猫一样躬着身子悄悄接近过去。等大个子发现有人接近时,水冰一个箭步窜向前抱住大个子的后腰,往倒摔他。大个子急忙反抗,两人扭到一起,谁也不说话,悄没声的摔来摔去。只听到砂石落到沟底的声音,和两人短粗的像风一样快的喘气声。最后两人厮打得没劲了,才双双躺在地上歇歇。

大个子恼怒地说:"你小子有完没完?校长都批评了俺。处理了俺!你还想做甚?"

"告诉你!欺负俺可以,俺不计较。欺负俺妹妹没门!"

"俺没有欺负她,只是不当借钱!没见过你这样粘缠的人。你到底要做甚?"

"你和小胖子必须当俺的面给俺妹妹赔情道歉。不然没完!"

"校长已经让俺给你妹妹认错,赔情道歉了!"说着他站起来拍打身上的草屑和土。

水冰也站起来,虎视眈眈盯着他,说:"俺没看见!不算!你想走?没门。咱接着打,谁服了算谁!"

大个子想一想说:"俺又没疯。陪你玩?"说着跑向路那边。

水冰大声道:"你跑吧,俺下午到班上找你!除非你不上学。"

听到这缠人的话,大个子心虚了。自己马上毕业,万一真如校长说的背个处分咋办?他停住脚步,说:"你死缠烂打到底想做甚?"

"下午上课前,校门口,给俺妹妹赔情道歉。还有那个小胖,你们一对赔礼。不然没完!"

大个子被唬住了,想着:反正是错了。再次赔情道歉无所谓。想着他说道:"给你个面子。话说道头里,这可不是俺怕你。是为了校长对俺的教育!照你说的办。"

"把小胖子叫上。不然不作数。"

"那是你的事。俺只管俺！"

"哼！原来你们是这样的好朋友？各顾各？不讲义气。那俺现在去他家找他。"说着就要走。

大个子见状说："你！算了。吃完饭俺对他说。俺不和你计较。木虎牛！"

木虎牛是山里人对不开窍粘缠人的俗称。

大个子走后，水冰得意地笑了笑，拍拍前面的土，高兴地回家去了。大山又沉浸在分外宁静之中。

九

水冰回到家，爷爷、奶奶、晶玉已经吃完饭了。爷爷抽烟，奶奶喝汤等着他吃饭呢。

奶奶放下碗："办甚事不能吃完饭去办？大晌午热乎乎地跑甚？不怕中了暑？秋老虎秋老虎，说的就是这大热天呢！奶奶给你下面去。"水冰答应一声坐到桌子边的椅子上。晶玉盯着他看起来没完。

水冰说："你看俺做甚？俺又没长三头六臂。"

晶玉说："爷爷！你看俺哥一身土。掉沟里去了。"

爷爷仔细瞅瞅孙子："还是俺晶玉看得仔细，你这是哪里打滚去来？一身的土，背上土更多。五年级的学生不讲卫生？还不快去掸掉？"

水冰恨恨对妹妹说："你不干好事。就你嘴多眼尖能看见！你给俺等着。"他起身到墙边摘下拂尘，往前走几步掸土。

晶玉笑着过来说："哥！俺给你掸土吧。后面你看不见！"

"俺用不起你！猫哭耗子假慈悲。"

"哼！当俺稀罕你呢？俺告诉奶奶去！"晶玉指点着水冰头上不太明显的伤。水冰一下明白过来，这是要对奶奶说打架的事呢，急忙把拂尘塞给晶玉，说："你来你来小祖宗！你就找事吧？"

晶玉笑着给哥掸土，还撅嘴做个鬼脸。

爷爷看兄妹这样友爱，由衷地笑道："看俺晶玉就是懂事，懂得心疼人！又善良又勤谨，长大了活脱脱一个晶玉娘，厚道孝顺！"

听爷爷提起娘，水冰心里不知怎么一下堵起来。他敏感地说："爷爷少说些。"

晶玉不乐意了,说："俺娘就是好么！为甚不让爷爷表扬俺娘？你不是她儿子？没良心！"

水冰说："你知道个甚？俺不和你一般见识！"

奶奶端着一大傻碗面走来，说："水冰吃饭！吃完饭领妹妹睡个午觉！这天气热得一动一身汗！"

水冰就着桌子吃饭，说："奶奶你在厨房一定热！有火烤着能不热吗？还是在山里舒服，山风一吹那叫个凉快！"水冰就着奶奶腌的青辣椒，大口吃着面。辣椒又辣又开胃口，吃得不亦乐乎，头上很快就渗出了汗珠珠。

晶玉说:"奶奶你看俺哥吃得风响快!看着都香。"

奶奶笑道:"你哥跑了一趟饿了。你哥是半大小子,正是能吃的时候。半大小子吃死老子。你慢些吃没人抢!吃饭讲究细嚼慢咽。"

爷爷抽口烟,接口说:"别听你奶奶的。俺一辈子狼吞虎咽过来,还不是虎背熊腰?壮得像牛!"

奶奶撇嘴说:"真是活打了嘴!你胃痛吃药忘记啦?你就不教孩子们好习惯!你快领孩子们睡午觉去。晶玉啊,你刚上学一定养成睡午觉的好习惯,下午上课才不会瞌睡。别跟你哥学不睡午觉。你们爷仨一起去西正房睡,那里凉快!奶奶一会也要躺一躺呢。"

晶玉问:"奶奶你不去打麻将了吗?"

"躺一躺再去打麻将,要不脑袋是糊的,一打准输!"

爷爷领着俩孙子进了正房。奶奶收拾好厨房,没有睡觉。出门去找老姐妹打麻将去了。她打麻将十多年,赢得时候多,输得时候少。她说打麻将可以锻炼人的脑筋,越打越精。

下午上学。水冰专门路过树林门口喊了树林一起走。三人说说笑笑走向学校。树林老远就看见大个子和小胖子站在校门口,以为他们来寻仇,他捅捅水冰,说:"水冰哥!那俩小子寻仇来了。""怕甚?一刀是切,俩刀也是挨。俺怕他们没有那胆子!"水冰胸有成竹地说。

晶玉担心地说:"哥!你们不许打架!老师批评俺呢。校长都说俺啦!你要再打架。俺立马跑回去告诉爷爷奶奶,绝不留情!让爷爷狠狠打你一顿。"

"哥听你的！不打架！打架还不是为了你？咱听听他们有甚说道！"

说话间俩组人马已经面对面站着了。

大个子主动说："杨晶玉！俺郑重地向你赔情道歉！都怪俺心急话没说清楚，引起这么大的误会。对不起！俺代表小胖也说一声对不起！这一块钱还给你。这十块钱是给你哥的医药费。"

晶玉悬着的心放下来。不好意思地说："俺也不对！又不急用铅笔，下午买也行。钱借给你们不就没事了？"

水冰看他俩态度良好。说："这十块钱俺不要。俺没花医药费。"

大个子说："俺问张老师说花了。这能是假？"

"俺说没花就没花！张老师转身时，大夫还给俺了。她是俺表姐。"

大个子订正一句："这可是你不收的，不是俺不给。以后不许找后账！"

"俺不是那样的人！走了！"

哥三进了校门。树林悄声问："哪个表姐在卫生院？俺咋不知道？""闭上你的嘴。告诉你，你也不认的。"水冰威严的瞪他一眼。树林不敢说话，只是鼻子里不满得哼了一声。

还在校门口的小胖子高兴地说："这还差不多。赔情道歉也值！十块钱咱买饮料喝！"

大个子说："你就知道吃喝，喝得脑子进了水。走！上课了！猪！"

自打爹娘走后，水冰变了很多。最多失去的是脸上的笑容，心里也感到空落落的。虽然生活依旧，可总感觉心里失去点什么。他知道是失去了对娘的信赖。对娘衷心的爱！盘踞他脑海的是爹说娘的那些话！她是一个坏女人！一个不洁的坏女人！咋也无法摆脱！听到同学们说他们的爹娘，总觉得他们在说自己。他心里明白，爹娘离婚的消息别人一概不知一概不晓，但疑心就是去不掉。有时看电视看到女人出轨劈腿，恨得牙根痒痒，恨不得把电视机砸个稀巴烂才解恨。有时他不想这样想这样思考，可一激动就由不得他了。有时他抓住蚂蚁恨不得用手把它搓成泥浆！因此他独坐独思的行动多起来。

他的变化，奶奶察觉到了，十分为他担心。这天，吃完晚饭，奶奶叫住他。

"水冰你来这里坐。奶奶看你这段时间很反常！做事情总是心不在焉，无精打采。听说那天在学校还打架了？"

水冰气恼地说："又是晶玉告俺的黑状！打架还不是为了她？"

"你别冤枉晶玉。她才没有告诉俺呢!是俺去镇上买东西碰上二蛋他娘告诉俺的。二蛋娘说打得流了很多血，惊动了校长呢！你不敢告诉爷爷奶奶是怕俺们生气，怕俺们为你担心是不是？说实话！不管为了谁为了甚打架都是不对的！奶奶知道俺娃一向要强，不想让人说闲话。你爹娘离婚不愿让别人知道！那不是现实。人们一定会知道！爹娘的生活是他们的，谁都管不住，包括爷爷奶奶都管不住。要能管住！他们能离婚吗？你只要爱爹娘，爱爷爷奶奶，爱这个家就好。其他的你不必太在意！"

"奶奶！他们离婚俺心里不好受。要光是离婚俺能接受。大不了难受一阵子就好了。过不去的是，俺爹说俺娘的话。你说俺娘那么好的人干嘛走邪路？俺就过不了这个坎。那么好的娘！让俺恨不是爱不是。俺咋办呢？"

"水冰啊！你爹娘离婚谁都想不到。你说对娘的爱和恨，俺知道是你对娘的真爱。丢不下对她的眷恋！是你的仁义。奶奶想到一个问题，你爹说你娘的话，那么丑！只是你爹的一面之词。对不对？你问过你娘的说法吗？没有吧。"

水冰点点头："俺还来不及思考他们就走了。哪有时间问？"

"这不就对了？也许你娘的说法更有理，更有说服力。你爹娘的感情问题。谁也无法主宰。你得往开里想。他们是他们你是你。想得开放得下。为人处事就得宽宏大量。没有度量咋样在世上生存？凡事都在变。有一点无法改变！他们是你的爹娘。你看到这一点就别去想他们的这事那事。你呢也别去评判他们谁对谁错。那是由所有的人去评判的。由道德评判的！评判出来你还是他们的儿子。你多想想开心的事，想想晶玉活泼可爱，想想爷爷奶奶过得幸福开心。你不就也愉快起来了吗？"

水冰问："奶奶！你和爷爷闹过不愉快吗？"

"闹过！谁家没有个三多二少？磕碰吵嘴呢？俺和你爷爷还动手打过架呢，不过不一会就和好了。俺们这一辈子过得开开心心的，村里人都羡慕呢。你得向你爷爷学习！度量大，肯容人，讲仁义，穷开心。能开心干嘛要生气？"

水冰说："你和爷爷那么好，也会吵架啊！俺都没想到你们会吵架。奶奶你们吵架甚样样？"

奶奶说道："和别人一样脸红脖子粗呗！"

"噢！奶奶你这样一说俺心里敞亮了许多。"

奶奶笑道："俺娃还是心胸大，没钻牛角尖。记住奶奶说的话，说好话，作好人，做善事。大千世界千奇百怪，甚人也有，甚事也有。等你长大了甚事都能经见！心里要有世界，才能容纳世界。"

"奶奶说的话俺爱听！都是有水平的话！"

"俺是文化人，高中毕业生。你别小看俺。肚里有货呢！"

奶奶说的水冰乐了，奶奶也笑起来。

奶奶说："让奶奶看看你的伤口？需不需要治疗一下。"

水冰把头伸向奶奶："你看早好了，就一点点，根本就没事。"

奶奶说："俺看伤口不厉害，估计磕得不深。今后不许打架！听到没有？"

"听到了！奶奶！俺以后不打架。"

"再打架你过不了奶奶这一关。奶奶也让你过不了爷爷那一关！"

水冰笑道："俺都说不打架了。你还诈唬俺。你真是俺的好奶奶呢。"

十

深秋，大田里的庄稼一片金黄，有的地方已经有人收割了。今年年景好，风调雨顺，又是大丰收，尤其谷子长得好，沉甸甸的谷穗几乎要把谷子杆拽倒。水冰家种了二十亩地，十亩谷子，十亩玉米。爷爷说谷子可望亩产八百斤，达到最高亩产，全家人都高兴，全村人都高兴！

晌午，水冰和晶玉回到家，奶奶已经做好饭等着了。

晶玉看爷爷不在，问道："奶奶！爷爷呢？"

"还是晶玉心细，惦记她爷爷呢。水冰这一点差妹妹，爷爷不在不会问问。"

"俺心里有，刚想问晶玉问了，她嘴快！"

奶奶笑眯眯道："不用犟嘴！快去地里看看爷爷去。爷爷早上非去地里收割。俺不让去！和俺吵了几句硬是走了。这一个前晌让俺心烦的，心里慌慌的。不要出事才好！你快去地里看看，这个老东西就不晓得自己回来？"

水冰撒腿向门外跑去！

晶玉问："奶奶！你给爷爷吃甚饭？俺可是早饿了。"

"谁让你早上不好好吃饭了，该！"奶奶故意说："俺给你爷爷买了烧鸡，给你买了猪蹄蹄，买了你哥爱吃的牛板筋。"

晶玉说："奶奶你记错了，俺爱吃牛板筋。"

"你上次说爱吃猪蹄蹄。奶奶才买的，这又不爱吃啦？不爱吃算，让你哥吃。"奶奶说着掰下一只鸡腿，"给！俺娃先垫垫饥，爷爷回来咱开饭。"晶玉香甜地啃着鸡腿，大眼睛忽闪忽闪地瞅着奶奶慈祥的笑脸。

奶奶约莫他们回来时，起身去厨房。她困难地站起来，双手按摩一会腰，说："唉！老喽！身子骨不饶人，站起来浑身响。以后不给你们做擀面了。擀不动了。"

晶玉在菜地里揪黄瓜吃，见奶奶站起来连忙跑到奶奶身边，把奶奶的手放到自己肩上，还一边说："奶奶，俺就是你的小拐棍。"

奶奶美在心里，乐得脸上笑开了花，"俺孙女就是孝顺奶奶，心疼奶奶。好！你就是俺的小拐棍"。祖孙俩进了厨房。

再说，水冰跑向自己家地里。他走的是崎岖不平的小路，这样走近很多。身边的庄稼随风哗哗响着，金黄的庄稼中夹杂着一片翠绿的大白菜，还有绿缨子的白萝卜，让人看着爽眼。水冰不顾炎热跑着，老远瞭见自家地里没有爷爷的身影。心中一紧，疾跑几步跳上田埂，看到爷爷垫着一捆谷子倚着田埂在睡觉。他放下心来，轻轻来到爷爷身边，悄悄掐根草棍，蹑手蹑脚捅爷爷的鼻孔。爷爷毫无反应。他连忙摇摇爷爷，"爷爷，爷爷你醒醒！"爷爷浑然不觉，纹丝不动。他的心一下跳到嗓子眼里。他立起来四周看看，旷野无人。他又看看昏睡的爷爷。他把爷爷扶正，蹲下来，两手拽住爷爷的手，腰一弓用力把爷爷背了起来，顺田间小路向村里走去。

正是中午。太阳喷着火一样的光芒，照得大地滚烫！热得树叶都打了卷。水冰背着爷爷真是大汗淋漓，汗水把裤头背心都湿透了，顺脊梁向下流着。小路坑坑洼洼十分难走，他困难地走着，口里像牛一样喘着气。离村口不远时，他真是筋疲力尽，迈不动脚步了，但他知道不能把爷爷放到滚烫的地上，会把爷爷烫坏的，他心里默念着不能歇不能歇！一步一步向前蹭着，一寸一寸往前挪着。

这时对面路上过来一个骑车的人，看到了水冰爷俩的样子。他是他们本家叔叔杨连生。杨连生扔下车子，跑过来从水冰背上接过爷爷，问："这是咋啦？爷爷咋啦？"

水冰瘫到地上，喘着气说不出话，手指着村口。杨连生不问了，背上爷爷快步向村口第一家走，说："俺先背爷爷找一辆平车去，这样背着会把人热坏的。你随后来！"

水冰坐在地上喘了几口气，地上烫得屁股实在受不了！他扶着地站起来，双手叉腰抬起发软的腿向村口挨去。当他来到村口第一家刘三家院门口时，见杨连生已经把爷爷安顿到铺了被子的平车上。刘三在车上打着雨伞给爷爷遮阳。杨连生拉着他们走出院子了。

杨连生告诉水冰："喂了爷爷几口水，他也没有醒。咱赶快去镇上医院吧。刘三你下来，没见水冰走路腿软吗？没眼色！快着！"

刘三跳下车，搣了一把，水冰才上了车。刘杨二人一推一拉飞快地向镇医院跑去！

很快来到医院。平车直接停到急诊室门口。三人把爷爷抬进去放到病床上。急诊大夫连忙听诊，问诊，写了处方。俩护士忙着量血压，测体温，又给上了心脏检测器，吸上氧气。拿来药后很快便输上液体。爷爷的呼吸很快平稳下来，大家放下心来，有心情说话了。

水冰问大夫："大夫！俺爷爷这是甚病呢？"

大夫说："初步诊断是中暑性昏厥，已输液降温降暑，等病情稳定了做进一步诊治。你别急，呼吸已经正常，很快就能清醒。你爷爷平时有什么病啊？"

"没有！俺爷爷身体棒，从不生病。"

"头疼脑热，感冒咳嗽也没有？"

"没有。俺爷爷爱抽烟，早上起来总要在炕上咳一阵，吐几口痰才行，平时咳嗽都没有。"

"每天早上咳得厉害吗？"

"有时咳几声，有时咳一阵。"

大夫思考一下，点点头，说："病人平稳了。你们在这里守着，我去病房看看。有事去病房喊我。"

杨连生连忙说："您忙您忙！俺们看着就成。"

大夫领着护士走了。

刘三说："看把你能的！好话说了，好事做了，你变成好人了。"

杨连生嘿嘿一笑："俺本来就是好人，谁不说俺好？还要你说？水冰！你没吃饭呢吧？"

"没呢！连生叔！俺知道你们也没吃饭呢。一会俺奶奶来了俺请你们！连生叔你们告诉俺奶奶没？俺可是忘个一干二净。"

"告诉了！刘三家媳妇去告诉的。你得感谢他媳妇。"

刘三说："不感谢俺？"

"感谢感谢！"水冰急道："俺真心感谢你们呢。不是你们，俺爷爷不定咋样呢！"

杨连生说："看你说的些甚？你也没吃饭？你每天在家窝着不早点做饭吃？"

"早吃饿得早。早吃做甚？你一进门就嚷嚷。俺正准备吃饭呢，被你喊来了。要俺说这饭你得请！"

"没问题！一会水冰奶奶来了，俺请你吃馆子。"

水冰说："二位叔叔别争了。为了俺的事应当俺请！"

刘三说："不用你请！俺和连生同学十几年，还没吃过他的饭呢。俺今天就吃他的。"

连生说："好！俺请你！老抠！俺约莫水冰奶奶该来了，虽然咱们跑得快，可他们坐车和咱们也就前后脚的事。"

正说着晶玉和奶奶急匆匆找进来。奶奶看看病床上的老伴，问水冰："你爷爷咋样？甚病呢？急死个人！"说着擦擦头上的汗水。

水冰告诉奶奶："大夫说中暑性昏厥。正在输液降温。等人清醒后详查。"

听到孙子的话，奶奶吊着的心放下来，脸上有了笑意。"俺说也没有大病，平时身体那么好，从没像今天这样病倒过。"

晶玉偎在水冰身边，头上汗津津的，扑闪着俩只大眼凝视着沉睡的爷爷。

奶奶转向杨、刘二人："谢谢你们把他送到医院来。要不老头子不知道咋样呢。这个老东西早上感到有些不舒服，俺就不让他下地去，他死活要去，这下躺到医院里了，这下歇心了。不听人劝的倔牛。水冰拿着钱出去请两位叔叔吃饭去！这里有俺哩。"

杨、刘二人连忙推辞："不用不用！你们照顾他爷爷挺忙的，不要管俺们。奶奶来了俺们就放心了。有事情就喊俺们一声。俺们立马过来。"

奶奶知道他们不会吃饭，就说："那就亏欠你们了！等他爷爷病好了请你们吃宴席，真该好好谢谢你们！"

"不用！千万不要费心，乡里乡亲的，快招呼他爷爷吧。俺们走了。"两人告辞出了医院。

刘三说："俺不好意思打扰病人家属。可好意思打扰你。请饭不请？"

"请当然请！男子汉说话算话。走！弄个凉菜，二两小酒，一碗拉面行不行？"

"咋地有的四菜一汤吧？一碗面也叫请客？"

杨连生笑起来："逗你呢！俺没那么抠！"

刘三说："咱去林祥斋。也开开洋荤！"

"你这是想吃穷俺呢。那个地方俺去过，一盘白菜三十八，一盘西红柿二十八。要命呢。俺不上你的当！俺拉你去一个小饭店。保证又干净，味道又好！咱是不是客随主便？"

"行！依你！只要有酒有肉就成！还坐着专车。这待遇成！"

"其实应该你拉俺。俺请客呢。"

"别说了。不会让你吃亏。回去俺拉你一道。"两人说笑着去吃饭了。

急诊室里,一家人盼着爷爷快快苏醒过来。晶玉的肚子饿得咕咕叫呢,大家都没有注意到。

爷爷终于醒了,他伸举胳膊展展腰,说:"这一觉睡得真香,真舒服。这……俺咋睡到医院来了?"

奶奶彻底放下心来,说:"你睡的好觉!不是水冰去找你?你就在地里睡你的吧。你这一个秋收,住院费花了一千多呢!多亏刘三和连生帮助水冰把你掇弄到医院里,不然你就在野地里睡吧。"

晶玉抹着眼泪说:"爷爷你把俺吓死了。奶奶一听你去了医院,吓得差点晕过去!"

奶奶笑着抚着晶玉的头,说:"晶玉就好夸张。奶奶大风大浪经见多了,这点小毛小病哪能惊吓住俺?那是俺起得猛了一些,头晕了一下。要不是晶玉扶住俺,说不定摔倒呢。"

爷爷笑道:"俺孙女懂事!有时比水冰机灵。"

奶奶说:"你现在想吃些甚?让水冰给你买去。俺娃们也饿了。"

"眼下没胃口,最好来袋烟。"

"还想甚哩!抽烟抽到医院来了!还抽烟?"

爷爷说:"都是你不让俺抽烟才来到医院的。俺割倒一片谷子累了,想抽烟,摸摸腰间没带烟。都怪你清早和俺抬扛,把烟忘拿了。俺只好到地头歇息歇息,坐下睡过去了。要抽口烟有了精神还用睡觉？也不用来医院啊！"

"还怪上俺了，都是你的理！不讲理！"

晶玉在一边给爷爷使个眼色，悄悄指指奶奶的包。爷爷笑起来，说："还是俺晶玉亲爷爷。"他抓过床头柜上奶奶的包，从里面掏出烟袋来，点着抽起烟来。贪馋的样子引得奶奶笑起来。

水冰说："又是晶玉！不知道爷爷病着不能抽烟吗？尽办坏事！"

奶奶笑着解释说："别冤枉俺晶玉！是奶奶知道你爷爷离不开这一口，偷偷放包里的。小古灵精怪咋就看见了？"

水冰听奶奶说自己专门带给爷爷的，不吭声了。晶玉对他做了个鬼脸，羞羞他。

水冰说："俺以为晶玉为讨好爷爷，放包里的呢。"

爷爷说："你就明着欺负妹妹吧，晶玉亲俺你嫉妒了吧？晶玉别怕！爷爷给你作主。老婆子，给孩子们钱，让他们吃饭去。吃完给你奶奶也捎一碗呛锅面！"

奶奶说："水冰领妹妹快去吃饭。娃们想吃甚吃甚，按爷爷说的捎回来碗面就行。快去快回，然后去上学。"

兄妹走了。

大夫进来了！马上板起面孔训斥道："不准吸烟！你不知道？没看见牌子！"

爷爷讪讪一笑，马上把烟磕掉。

奶奶问："大夫他这是甚病啊？"

大夫说："初步诊断是中暑。今天住院观察，明天做个全面检查。确诊没病再出院,这是对病患负责,老人家!你是家属吧。你和这两位护士把患者推到三号病房去,这里是急诊室。"

奶奶听大夫这样说:"听到没有?秋老虎秋老虎,你以为秋天就不中暑了?不听话的老东西!让人操死个心。"

两个小护士抿嘴一乐。一个推滚轮床,一个举液体,和奶奶一起去了三号病房。

一会水冰买回饭来,问了大夫,送到三号病房,转身跑着和晶玉汇合,上学去了。

十一

当天,爷爷独自在医院住了一晚。翌日,天刚刚放亮,护士来抽了血,取了大小便去化验。奶奶到医院时,大夫们都上班了。她领着爷爷把透视、照相、B超、CT做了一遍。

下午快五点时,所有资料集中到了李大夫桌上。李大夫把奶奶请到办公室来。

李大夫说:"老人家!检查结果出来了,情况很不好!你要有心理准备。你看这些照片,肺部这块是肿瘤,已经大面积扩散了。这是B超结论,肝上也有了。您呢赶快领他到大医院确诊一下。咱医院的设备有些老旧,但据我的经验分析,这结果是准确无误的。"

奶奶的心一下子凉到脚底!思考一阵说:"俺知道这病。

村里好几个人都是这病去世的！李大夫！他还有多长时间？"

"打兑好的话，半年。你看这照片，锁骨这里也有病灶！当然，你们去大医院确诊一下更好！"

"俺看他精神一直挺好，也没有发现过甚病啊！"

"你孙子说他早起咳嗽，当然一般人以为这是正常的，抽烟的人，体弱的人，早上都会咳一阵或者几声，不当回事。其实已经做下病了。这病平时不痛不痒，发现时就是晚期。咱院里也能放疗、化疗。但不如专科医院有把握。"

奶奶黯然神伤，长长叹口气。"李大夫这病俺知道就好了，别告诉病人。您给开些药，俺回村给他输着。听天由命吧"！

李大夫说："好吧！我们尊重病患家属的意愿。不过您得在诊断书这里签字。这是放弃治疗认定书，以免以后有不必要的麻烦。"

"好吧！您开出院证，俺去办手续。"

李大夫写了医嘱，开了药。奶奶去办了出院，然后提着两大包药，在院外租了车，把爷爷拉回家。

爷爷很惬意地躺到炕上，伸展伸展老腰，笑道："还是家里的土炕，躺着最舒坦！"

奶奶说："那点出息！人家医院里是软床哩！"

"俺享受不了那个福！给俺倒口水喝。渴了，那两包甚药？一点点毛病就开那么多药？医院的大夫疯了。"

奶奶一边倒水一边说："有中药，也有西药。大夫说提高免疫力的，增加营养的，消炎的，活血化瘀的齐全着呢。大夫说一气吃完,这是一个疗程的药。吃完输完再去医院复诊开药,千万不许停药!"

爷爷接过水杯喝了几口,说:"现在的大夫有病没病开一大堆药。这是要挣钱哩!"

"说这话让人不待听,没病你就躺到医院里了?还是有病才去医院。谁家不吃药能治好病?真是的。你想吃甚?俺给你做去,饭时了。"

"你做甚饭俺都爱吃,你看家里有甚做甚吧。"

"你呀!长了一张好嘴,把俺骗得团团转。嫁给你,受了一辈子罪!"

"说话得讲良心。俺是有最好的心,你才嫁给俺。跟了俺没让你下过一次地,保养得像个年轻人。你看看你同龄人早变成黄脸婆了,知足吧!你该敬佩俺才对!"

"你的本事大!这个家都是你扑闹得。你屎巴牛滚粪球独一份。俺给你做葱花香油饼,香香的来一块,再喝一碗粥。你说好不好?"

"好!随你。住了一天院住坏了。俺咋觉得浑身没精神?不疼不痛就是没精神,俺也输了一大堆药呢,也没见好!一个小小的中暑把人弄成这个样子?奇了怪了!"

"中暑还能死人呢。你不知道?你眯一会吧。俺和村里王大夫说好了,他一会过来给你输液。"

"大晚上输甚?不输!"

爷爷转身睡觉了。

奶奶说:"今天做检查不是没有输吗?现在补上。你真不输？不输就不输。明天一大早输，跟个孩子似的，老小孩！"

奶奶去给他做饭去了。

水冰和晶玉下学回到家。王大夫已经给爷爷输上液了。开始爷爷不输。王大夫说少输一些，这种药不能间断二十四小时。要不还得重新试验，怕起反应。爷爷嫌皮试扎得疼，无奈输上了。现在他左臂放在一边，右手就着炕桌吃饼喝粥呢。

晶玉欣喜地说："爷爷你好得真快！你要不躺着，俺喂你吧？"

爷爷很开心！笑道："还是俺晶玉对俺好！还要喂俺呢。不用喂，爷爷能吃呢，丫头就比秃小子心细，懂得疼人。怪不得人们说女儿好女儿好，女儿是爹的小棉袄。现在看来孙女比孙子强。"

这话说的水冰心里不高兴，有点恼，他瞅瞅晶玉说："爷爷！一说话就偏着你孙女。你孙女在你面前卖片儿汤呢。俺多实受！那天一个人把你背回村，累得俺腿打哆嗦！换了晶玉哭去吧！"

爷爷乐了，笑眯眯说："各有各的好处。俺一样亲你！你们赶快过来吃奶奶烙的香油烙饼。可好吃呢！"

奶奶端着托盘进来，把盘里的碗筷放到桌子上。说："以后咱吃饭就在屋里吃。咱得对付你爷爷。他不能吊着液瓶到处跑，万一磕着还得重新扎针。水冰吃完饭到小卖铺给你爹打个电话，就说爷爷病了，看他能不能回来。打完电话再写作业。"

"嗯！"水冰答应一声，伸手取块饼吃起来。

爷爷说:"做甚惊动他们?俺这不好好的?养两天又能下地干活了。不用打电话,他回来俺看他心里烦!"

水冰望望奶奶,奶奶说:"听奶奶的!让你爹多带些好吃的。你们也沾沾光。你爹上次回来就没有给你们买好吃的!"

晶玉说:"太好了!又能吃好吃的了。奶奶,俺看着他打电话。他要不听话,俺告诉你。"

"去!搅茅棍!"

"你才是呢!奶奶!俺哥说俺是搅屎棍。"

奶奶听着他们拌嘴,说:"好了好了。快吃饭!奶奶说他!"

爷爷说:"晶玉像她奶奶,嘴不饶人!"

"老东西!快闭上你的嘴吧,凑甚热闹呢。"一家人都乐了。

从小卖铺回来,水冰告诉奶奶,爹的公司正忙着一个争标工作。太忙回不来!爹说明天打回钱来。让爷爷想吃甚吃甚。得空他回来看爷爷。

奶奶长叹口气:"老头子!听到你儿子的话了吧?得空!甚时候得空呢?养儿活女!谁也指靠不上!靠自己能动最好!唉!人那!都是往下亲。哪里看到往上亲的呢。唉!"

晶玉说:"奶奶!俺亲你不是向上亲吗?"

奶奶微笑着摸着她的头:"俺娃亲!老头子!你儿子给你打钱让你想吃甚吃甚。你想吃甚让水冰买给你,明天正好星期天,他们不上学。"

爷爷想了想说:"倒也没甚想吃的。明天让他们齐村赶集去吧。集市上给俺买些新下来的红薯。俺想烤着吃，烤红薯味道香着呢。新红薯味淡，蘸些白糖，绵绵的甜甜的，吃一嘴。美！再买些外地水果。尝尝鲜！听到没有？水冰！明天奶奶取了钱赶紧去买！爷爷中午就能吃上烤红薯了。美美吃他一顿。"

奶奶说："听你爷爷的！想吃恨不得马上吃到嘴里。跟孩子一样，放不得隔夜食。明天不用等取钱，俺有。早上揣了钱就去买。"

晶玉高兴地直拍手："明天去赶集，明天去赶集啦！"

"高兴甚哩？"水冰故意说："奶奶说的是让俺和树林两个男娃去赶集，利利索索。早早就回来给爷爷烤红薯，没你甚事？"

"你！奶奶！"晶玉急眉赤眼地："奶奶！你看俺哥不领俺去赶集！"

"让呢让呢！你哥逗你呢。水冰！当哥的不许欺负妹妹！逗她做甚？"说着扬起手作势要打水冰，水冰嬉笑着躲开了。他对晶玉做个鬼脸，回自己屋了。

奶奶对晶玉说："俺娃也赶快睡觉，明天早起呢！"

晶玉听话地上炕温被褥，自己躺下睡了。

奶奶和爷爷说："俺给你拔了针吧？剩就剩点。你说呢？反正你也不想输。"

"快拔了针，俺就能舒舒服服睡一觉了。这两天没睡好！"

奶奶很利落地给爷爷拔了针，打发爷爷睡觉了。

赶集在乡村里不是新鲜事。逢初一，十五，这些日子，一个村一个村轮着办集市，无非是大家伙集中起来，互通有无。大多叫卖的是自家所种，所产，所编，所养的农副产品。有的东西特别新鲜，刚从树上采下来就上市了。有的村子还会请戏班子唱戏，歌舞团歌舞，就是农家相聚相逢的集会。

翌日。水冰晶玉早早就去叫了树林一起去赶集。集市上买了红薯、哈密瓜、山竹、芒果，晶玉还坚持买了一把刚下来的烟叶。三人买好东西就回村，没有逛集市。他们一心想让爷爷早些吃到烤红薯。

他们来到水冰家大门口时发现：家门口围着很多邻居，和村民。水冰连忙拨开人群进了院子。院里也是人，他把东西放到桌子上，领着晶玉急忙进了北屋。屋里也满是人。三婶给人们倒水，递水。奶奶在八仙桌边坐着，脸色阴郁。炕上，爷爷头上、身上扎满了针。王大夫正在给爷爷用艾草棒灸头上。炕边地上灰渣盖着一团血迹。

三婶说："二婶！你快把水冰爹叫回来吧。不行把晶玉娘叫回来也行。这么大的事，他们能不回来？你们这老的老小的小不行啊！"

奶奶点点头说："水冰你回来得正好。赶快给你爹打电话，让他马上回来！就说爷爷病重吐血了！快去！"

"爷爷吐血了！"水冰一惊，没有说话，反身就走！晶玉看着爷爷的样子早已泪水涟涟，听到奶奶的话，跟着哥哥跑了出去。

王大夫给爷爷灸完头，行完针后，一根一根拔去银针，松了一口气,对奶奶说:"现在稳定了,气血不上翻了。给他把中药煎了,浓浓地喝一剂。让他好好睡一会,休息休息。俺先去刘青家,他家老人也病倒了。这里一时半会不会有事,有事到刘青家喊俺。"

三婶送王大夫走了。

人们见没事了,纷纷告诉一声散了,三婶也走了。

奶奶移到炕沿来坐下,看着爷爷,心中默默叨着:"菩萨啊!求求你救救俺老头子吧。你可不能就这样带走他啊!求求你了!阿弥陀佛!老头子!你快醒醒吧!俺替你求菩萨了!你醒醒!你还没有领俺去看顺义的公司呢。你身体那么棒!俺相信你能挺过来!菩萨啊!保佑他吧!"

过了一会,水冰晶玉回来了。水冰脸色铁青,咬着牙告诉奶奶:"杨顺义说他公司争标正在节骨眼上回不来!让奶奶请县城有名的大夫看病!钱他出。他今天起不是俺爹了!他不配!"

奶奶失望地说:"这个挨千刀的!俺是问你要钱吗!你这是大不孝!爹都吐血了还不回来!有这样的儿子吗!叫俺指望谁呢?这是儿子吗?是冤家!"

奶奶稳稳心态。她不能让孙子们担心啊。她压压心中的愤恨,长长叹口气!

晶玉看看奶奶的脸色,小心地说:"奶奶!俺哥叫俺爹不回来!俺让哥叫娘回来,哥不听俺的。俺给娘打了电话,娘说她连夜往回赶!"

水冰说:"俺不稀罕给她打电话。亲儿子都不回来!离婚的媳妇回来做甚！"

奶奶训斥道："说的甚话呢！这么重要的时候你还说这样的话？奶奶不是给你说了好多次，你娘是个仁义的娘吗！你咋就是翻不转呢！都像你爹没了仁义还活甚人呢！不如死了去呢？你买的东西呢？"

"院里桌子上。"水冰偷偷看看奶奶回答说。

奶奶站起来说："你呀！你就不要听话！你俩看着爷爷，俺去烤红薯，爷爷想吃呢，俺一并煎药过来。爷爷醒了叫俺。"

奶奶出去了，晶玉跟出去，旋即返回来，手中多了把烟叶。她把烟叶放到爷爷枕头边。水冰去门后拿笤帚、簸箕轻轻把地上打扫干净，端着簸箕把脏污倒到院门口垃圾收集站。返回来坐到炕沿上，看着爷爷。

爷爷闻到烟叶香味，打起喷嚏，睁开了眼。

晶玉大叫道："奶奶！爷爷醒了！"

奶奶在厨房高声回答："给爷爷口水喝，俺马上就得！"

水冰急忙喂了爷爷一口水。爷爷无力地说："新烟叶真是香！晶玉买的吧？要是来一袋，就最好了！晶玉！奶奶呢？"

晶玉偎在爷爷胸前说："奶奶给你烤红薯去了。爷爷！俺给你装新烟叶好不好？"

爷爷说："不好！新烟叶得经过炮制才好抽。你给爷爷装袋旧烟抽吧！"晶玉就要装烟，水冰拦住。

水冰说："不行！爷爷病成这样哪能抽烟？你想害爷爷吗！"

晶玉说:"爷爷想抽烟快想疯了。俺就给爷爷装半袋烟!"

"不行!"水冰斩钉截铁地阻止晶玉。晶玉眼珠一转:"俺去问奶奶!"说罢跑去找奶奶了。

水冰看着爷爷祈求的目光,心里早软了,劝说道:"爷爷!你都吐血了,就别抽烟了,好不好?万一引起咳嗽就不好了。"

爷爷不耐烦地说:"你们就听大夫的,光让吃喝不让抽!想憋坏俺!"

"爷爷!俺给你买了山竹,可好吃呢。俺给你剥山竹吃好不好?""不好!"爷爷不高兴了,把脸扭到另一边不理孙子了。

晶玉高兴地跑进屋,传达奶奶的指令:"奶奶说只能让爷爷抽半袋烟。"

屋外传来奶奶的声音:"水冰!就让爷爷抽半袋解解馋!"

"听!俺没有骗你吧。奶奶批准的。"

爷爷笑了。晶玉给爷爷装烟,爷爷贪馋地瞅着。晶玉装好烟,把烟嘴搁到爷爷嘴里,划着火柴给爷爷点烟。爷爷刚刚吸了一口,就剧烈地咳嗽起来!水冰将烟袋抢过来扔到一边,跳上炕给爷爷捶背,又指挥吓呆的晶玉给爷爷倒水,又喊奶奶过来。

奶奶急匆匆地端着药和一盘水果过来!爷爷咳嗽平息下来。水冰给他擦擦咳出的眼泪。

94 / 山花烂漫丛中笑

奶奶说:"老东西!你看你把俺娃们吓成甚样样!记吃不记打!不听人劝?也怪俺心软让你吸几口。这下记住了吧!这时候哪能抽烟呢!吃水果吧。水冰买的稀罕水果,俺尝尝还不错。"

爷爷歇了一会,少气无力地说:"老婆子!为甚不告诉俺红薯烤好了?不想让俺吃?俺闻到红薯香味了,先给俺红薯吃。"

奶奶笑道:"狗鼻子还是那么尖!你以后让大家省点心。不抽烟好不好?你把孩子们吓坏了俺可不饶你!"

爷爷说:"想抽这,咳嗽不让抽。馋死俺了!"说完和奶奶一起笑了。晶玉、水冰跟着一起笑了。

奶奶掰块红薯吹吹凉,喂给爷爷,爷爷咀嚼着直喊香。奶奶笑道:"馋成那样?红薯有甚好吃呢。都是给你烤的,不给他们吃。"

爷爷说:"一辈子就好这一口。说实话,俺还是馋那烟呢。俺只是轻轻吸了一小口就咳起来。这不是要俺的老命吗?一辈子就学会个抽烟,还不能抽!就是让俺抽又能抽几年呢?"

奶奶心里一阵疼痛!她不能说!刚才晶玉给爷爷求情让爷爷抽一口烟时,她就想这个问题呢。忍着心疼让他吸一口,可没抽一口就咳嗽起来。唉!

奶奶故作轻松说:"你要听话!等病好了。想抽多少抽多少。俺不管你。俺花钱给你买药治病。你花钱买烟加病,你就作吧。水冰啊!咱干脆扔下他不管他,趁他去!咱也歇歇心。"

"不行！爷爷病了你不能不管！你不管爷爷俺和你没完！"晶玉仗义执言："刚才是奶奶让爷爷抽烟的。不是爷爷的错！"

"看到了吧。这才是你孙子，不管轻重向着你说话！高兴你就再抽。"

爷爷笑道："你把咳嗽给俺治好了俺再抽！你们不知道这咳起来，恨不得一口把这心咳出来呢！难受！俺再吃块芒果。"

"行！都是你的，说的可怜兮兮，好像俺不舍得你吃似的。"奶奶把盘子推给爷爷。"都是你的！吃吧！"

爷爷说："水冰晶玉你们也吃。"

奶奶佯装道："看看！俺给你洗净，切好，喂给你吃，也没说让俺吃一块。光结记着你孙子。"

爷爷笑着拿一块喂给奶奶。"俺喂你！"

奶奶笑起来。全家人笑起来。

吃完芒果。奶奶告诉水冰："一会你再打电话给你爹，就说人命关天时不回来。那就死在外面别回来了！永远不要登这个家门！"

爷爷劝说："话不要说这么绝！俺这不挺好？麻烦他们做甚？也许他们真忙呢？"

"甚时候了你还替他说话？养他这么大，用他回来看一下这么难？你还惯他！换成他这样关心咱们就好了。唉！养儿为了防老，老来反倒麻烦！"

晶玉坐到爷爷身边，说："爷爷！俺给你讲个故事，从前有座山，山里有座庙，庙里有个小和尚给老和尚讲故事。讲的甚哩？从前……"

"讲错了！是老和尚给小和尚讲故事。"爷爷笑着纠正。

奶奶微笑着看着爷孙三，心里真是五味杂陈，说："你们都别磨牙了。都躺下歇歇吧！"

十二

晚饭后，水冰去打电话。奶奶给老伴擦脸洗涮，打发老伴睡觉。她对晶玉说："俺娃去洗涮，完了睡觉，明天上学呢。俺收拾完也睡觉，这两天真是累了，身子骨扛不住呢！"

晶玉听话地站起来："奶奶！俺早瞌睡了，俺铺床。"说着她爬上炕，从躺柜上抱下奶奶和自己的被褥，先给奶奶温好，又给自己铺好，脱吧脱吧钻进被窝。她挺挺身子说："躺在被窝里真舒服！"

爷爷奶奶齐笑了。奶奶笑道："你孙女说话和你一个调调！你也眯上眼睡吧。俺收拾一下厨房也睡了。"

爷爷由衷道："一家人全靠你张罗！你也累了。早些休息吧！"

"这就是命啊！你快睡吧。"奶奶心里热浪直翻，差点让泪涌出来。下炕快走几步来到院子里，她抹抹眼泪，长长叹口气！水冰气咻咻进院门。奶奶疾走几步拦住他，做个低声手势,悄悄问道:"你爹说甚来?"

水冰激动地说:"杨顺义还是那话。公司生死存亡离不开!俺电话里告诉他从今天起他不是俺爹了,和他的公司过去吧!"

"低声点!小心爷爷听到。你去睡觉吧,别跟大人生气!他不回来不回来吧。爷爷不是有你、有俺、有晶玉吗?你去睡吧。"

奶奶无语地走向厨房。水冰望着奶奶有些佝偻的身影,心里满是对爹无情无义的愤恨。他抹抹眼睛,心事重重地回西屋去了。

第二天天刚刚发亮,晶玉娘回到家里。她轻轻扭开门闩,进到屋里。见一家人还睡着,她轻轻把提箱放到墙角。奶奶被惊醒了,奶奶睡眠一直不好,爷爷这一病她更是睡不安稳。奶奶低声说:"你回来了。回来就好。""嗯!四点下的火车,租了摩的回来。俺爹咋样?"

奶奶摆摆手把她招呼到炕边,就着她的耳朵说:"情况不好!大夫说六个月。俺看他的样子没那么多。昨天吐了俩口血。把村里人都招来了。"晶玉娘的眼泪涮涮流下来。奶奶摇摇头。"孩子别这样。别惊动他们,这些俺都没有对他们说,你先去躺躺。坐一宿火车累人呢。去吧,你爹醒来可要用人呢。"晶玉娘饱含眼泪,蹑手蹑脚退出西正房,来到东正房。躺到炕上,想着公公婆婆对自己的好,真是伤心欲裂,泪水横流。

晶玉一睁眼看见娘的提箱,高兴地嚷:"娘回来了,俺娘回来了。"奶奶阻止她，指指酣睡的爷爷。晶玉伸伸舌头，光着脚跳下地，跑到东正房。晶玉娘听到声音赶紧用被角擦擦眼，坐了起来。

晶玉喊着娘欢快地扑到娘怀里。娘抚摸着她的脸，说："俺娃长高了，都上学了。告诉娘学习成绩咋样？"

"好呢。娘！俺考了双百呢。"

"真的？好！俺闺女比俺强。娘奖励你，你看这是甚？"

娘从手包里掏出一块金黄金黄的飞马样式的电子表，给晶玉挂到脖子上。晶玉喜眉笑眼地问："娘！这表能看时间吗？""能。娘给你对好时间了。你看现在几点了？""七点。娘！七点。""七点？和娘洗涮去。该和你哥上学去了。"

晶玉娘拉着晶玉出来，正碰上奶奶端着尿盆出来。晶玉娘抢过尿盆，说："娘！你给晶玉梳头吧。让她和她哥上学去。别落下课。"

奶奶笑道："正说哩，俺也寻思让他们上学去呢。这些日子他们没能好好上学。俺担心呢，落下课程不好补。"

奶奶去给晶玉梳头，晶玉娘倒了盆回屋时，爷爷已经醒来。

爷爷看到晶玉娘很是高兴，说："晶玉娘回来了？"

"嗯！俺回来了。爹！俺扶你起来坐一坐好不好？"

"好啊！这几天老是躺着，躺烦了，坐坐也好。你们老板准你假吗？"

晶玉娘上炕把被子撂到靠墙的地方，扶爷爷靠被子坐好，一边告诉爷爷："俺老板人可好呢，听俺请假为了照顾老人，马上批准。一再吩咐俺，一定把老人伺候好了再来上班。还说，孝敬老人是天下大事，是中华民族的传统美德，也是人类最美的道德。孝顺的人到了哪里都会受到人们尊敬。这可是俺老板说的。"

"一听这话就知道你们老板是个好人。是个仁义的人。"

"那是。爹想吃甚？俺给你做。"

爷爷想了想说："也没甚想吃的。给俺下几支挂面，荷包个鸡蛋，葱花一呛，清清淡淡吃一口。"

"行。"晶玉娘跳下炕，见晶玉已经梳妆好，站着看自己呢，便推她一下，说："快去叫你哥起床，该上学去了。"

水冰在门口接着话音，说："奶奶！俺早起来了。俺今天就去上学？"他不想和娘说话，虽然听见娘回来心里很高兴，可就是不想和娘说话。爹的话在脑海里绕圈圈。他对奶奶说话给娘听呢。

奶奶笑着说："听到你娘回来了？你娘坐一夜火车，累了一夜。你娘回来你们就能安安心心去上学了。你去厨房摸块干粮，边吃边上学吧。奶奶今天没做早饭。"

晶玉娘深情地瞅瞅水冰没有说话。她知道水冰因为离婚对自己不满意。一个半大孩子接受这个事实很难。他们有他们的思想了，得过段时间才能想开。她没有说话去厨房给公公做饭去了。

水冰见娘去了厨房，不好意思进去和娘单独会面。他对晶玉说："晶玉你去厨房拿干粮，俺给你拿书包。快去！拿一个馍就行。"

"你咋不去？"

"俺给你拿书包不比一个馍重？"

晶玉看看哥，心里觉得哥哥反常。这是咋啦？她去厨房拿了馍，和哥哥上学去了。

奶奶看出水冰的心思，知道自己对水冰的劝说没有效果。还得好好做水冰的思想工作，一定得解开水冰心中的结。不然一家人这样生活多别扭。

看晶玉娘回来，爷爷心里真是高兴。儿子不回来的阴霾一扫而光，一大碗挂面连汤吃个精光，觉得身子骨又硬朗起来。脸上有了心底发出的笑意。爷爷高兴奶奶也乐了，两位老人高兴，全家人都高兴起来。家里一扫死气沉沉的沉闷。

这天起，每天早上王大夫来给爷爷输上液。晚上由晶玉娘拔去。晶玉娘给公公端屎倒尿，洗洗涮涮，变着花样给爹做可口的喜欢的吃食。闲暇了她还给公公按摩按摩，说说话，有时开个玩笑逗公公乐。奶奶在一边插科打趣。爷爷乐得像抱了金娃娃，精神很快恢复得和以前一样，都能下地走到葡萄架下数葡萄了。葡萄发了紫，都该下架了。有时爷爷拈一粒葡萄放嘴里，说："还有些酸，没彻底熟透呢。"

三婶几乎每天过来探望爷爷，有时端一碗自己做的稀罕吃的孝敬爷爷。邻居们也会经常过来慰问慰问。大家对晶玉娘的孝顺那是一致称赞！一致称赞她的贤惠、善良、孝顺。都说："这媳妇娶得好。离了婚还是这样对待公婆，比姑娘都强几倍。"离婚的消息他们打哪里来的？家里人以为旁人不知道呢。

　　这天傍黑，水冰和晶玉在棚子里趴在桌上写作业，晶玉娘在厨房做饭。她把菜倒进锅里时，发现酱油没了，急忙喊："水冰水冰！快去小卖铺打瓶酱油回来，没酱油了。快点！菜已经下锅了。"

　　水冰正聚精会神地写作业，听到娘的话，有些不耐烦。回答说："俺没时间！正学习呢。"

　　奶奶在西正房听了个一清二楚，赶快出来对水冰说："水冰！快去打酱油。爷爷等着吃饭呢！听奶奶的话。快去！"

　　水冰听到奶奶的话很严厉。抬头看看奶奶严肃的脸，放下笔，快快地走向厨房。晶玉娘已关了火，摘了围裙，拿瓶子出来了。水冰从娘手里接过瓶子跑走了。

　　奶奶笑着替他圆道："孩子大了。有自己的思想了。他写作业正写在节骨眼上，所以不想进去。换了咱也一样。"

　　晶玉娘长吁口气说："是哩！俺有时候也不想让人打扰。这孩子有些古怪，回来几天不和俺正眼说话。"

　　奶奶说："孩子正在叛逆期，有时也不听他爷爷的话呢。嘴上说不去，但也是要去呢。十二岁的孩子懂不少事情。"

　　晶玉娘点点头，笑笑说："俺知道他没有坏心眼。娘！水冰回来一放酱油咱就开饭。不搁酱油俺爹吃不惯！"

　　"是哩，你爹爱吃酱油，是从小养成的口味。搁一些酱油红红的也好看，也好吃。俺跟了你爹几十年，也好了这一口。真是跟甚人学甚人。"

　　说话间，水冰跑回来把酱油交给娘，自己又去写作业了。

晶玉娘进了厨房。奶奶意味深长地看看水冰。水冰也偷眼瞅瞅奶奶。奶奶指头指点指点他，好像在说：你咋这样办事呢！奶奶回了正房。水冰自嘲地伸伸舌头。晶玉专心地写作业。没有理会发生的事情。只是一瞥之间看到哥哥伸舌头。

她大声叫道："奶奶！俺哥做鬼脸呢。"

"你！写你的作业！鬼叫甚呢？瞎叫唤以后别叫俺哥。"

"那叫你甚？叫姐姐？俺正缺个姐姐呢！"晶玉笑着逗水冰说。

"去去去！多会也没个正形！"水冰瞪她一眼。低头写作业了。

晚上。晶玉娘睡梦中听到晶玉的呻吟声，她一骨碌爬起来，抬手摸摸晶玉的头，烫得怕人。晶玉娘连忙打开灯，见晶玉小脸蛋烧得通红，呼吸急促。她连忙穿衣出门，不敢惊动两位老人，想叫水冰去请王大夫。来到西屋门口，她敲敲门，又敲敲门。

水冰嗯了一声，晶玉娘急忙说："水冰！是娘。你赶快起来！……"

话没说完，水冰冷冷的话传了出来："半夜三更让不让人睡觉了？不知道人家刚刚睡下？刚睡着就被吵醒了！哼！"

晶玉娘被呛得一愣怔，心中也疼儿子刚睡觉。她默默地回到自己屋里，找到手电筒准备自己去请大夫。

晶玉娘敲水冰屋门时奶奶被惊醒了。没听清晶玉娘说甚，她连忙穿好衣服过这屋来。见晶玉发烧，赶忙打来一盆凉水，拿块毛巾给晶玉冰头。晶玉娘说："俺一急把这茬忘了。娘！

山花烂漫丛中笑 \ 103

俺去请王大夫。""快去！快去！"晶玉娘走了！

奶奶又去西正房找到阿司匹林过来，倒了水试试水温，上炕扶起晶玉喂了她一片药，轻轻放下让她睡觉。晶玉呼呼睡着。奶奶心稍微放下一点点，心里又生水冰的气，出来去敲水冰的房门。

水冰听到敲门声，说："烦死了！又敲门做甚？"

奶奶没好气地说："晶玉发高烧你娘敲门你咋不开门！你娘去请王大夫了。你起来准备准备，说不定得去医院，你得陪你娘上医院呢。"

听奶奶说晶玉病了。水冰一下清醒过来！麻溜地穿好衣服出门。奶奶才走到正房门口，他跟在奶奶屁股后面进了屋。

晶玉娘请来了王大夫。王大夫见奶奶给晶玉敷头："好。孩子发高烧一定要给孩子冷敷头。保护脑子不受伤害。"

说罢，王大夫连忙给晶玉听诊。同时奶奶告诉他喂了晶玉一片阿司匹林。王大夫说："这药用得对症！阿司匹林正是治疗发烧感冒的良药。现在你喂她一碗热热的开水，加层毛毯捂一捂，一发汗就好了。孩子没事，只是感冒。"说着拿出一小包药，说："这是退烧的药，一会烧得厉害吃一片，不烧就不吃，吃一小片就好！俺回去了。"

奶奶客气道："半夜三更把你吵醒喊来。对不起！"

"没事！俺早习惯了。有病大家都着急。俺不怕麻烦！"

晶玉娘说："真是不好意思！俺发现晶玉发高烧急了。到了你家又喊又叫又拍门。把你一家人都吵醒！对不起！"

王大夫笑道："孩子病了谁能不急？更别说当娘的了。

赶快喂她水喝，不能让她干着。明天早上，给她喝一碗白糖水，加一点盐。补充水分，效果最好。对了，晶玉娘以后晚上叫俺，俺院门右手上边有个按钮，一按俺就知道了。不吵别人。"

晶玉娘歉意地笑着说："俺记下来了。谢谢你！"

王大夫走了。

奶奶协助晶玉娘喂了晶玉半碗水。水冰一边看着晶玉的脸，心中后悔对娘的呛！不该不分青红皂白张嘴就呛娘。自己这是咋啦？

晶玉娘说："娘！你和水冰去睡吧。俺一个人招呼她就行。俺摸她脖子上汗晶晶的出汗了，没事了。你们休息去吧，离天亮早着呢，还能睡一阵子呢。"

奶奶点点头："也好。水冰去睡觉。"又叮咛说："发了汗千万不要一下揭去盖的。要慢慢往下退。"

"知道了！娘！"

水冰和奶奶出去后，晶玉娘炕沿边盯着晶玉一动不动。过了好一会，看见晶玉头上渗出水晶晶的汗珠，一摸身上也是大汗淋漓，呼吸平稳，脸蛋也不红了。心才放到肚子里，拿毛巾给闺女擦擦汗，减去了毛毯。长长吁口气，说："唉！闺女啊！你要把娘吓死呢！"

晶玉这闹腾完，美美地睡觉了。晶玉娘看看她，爬在一边也睡着了。

清早起来，晶玉好了，没事人一样。娘说让她歇一天别上学了。她不听，跟在哥身后上学去了。

山花烂漫丛中笑 \ 105

奶奶对晶玉娘说:"真是孩子不害装伴病。你看看身上一舒坦又蹦蹦跳跳去了。"

晶玉娘说:"是啊!毕竟小身体恢复快。看着哪像昨晚闹过病的人呢,娘!昨晚没有惊醒俺爹吧?"

"没有!你爹睡得香着呢。他啊,打病起,觉就多了。你看哪天不是在睡觉呢?唉!人老了身子骨熬不住病了。"

"俺去问问爹想吃甚。给他做!"

"嗯!俺在这里晒晒太阳,补补钙,顺便活动活动身子。"

晶玉娘进了北屋,奶奶在院里伸胳膊踢腿活动起来。

看到水冰这两天对待晶玉娘的态度,奶奶想得好好管管这小子,不能这样下去了。这样发展下去,母子关系恶化,今后他们两人咋相处呢?

这天午休时候,奶奶进了西屋,水冰正在躺着看书,见奶奶进来立刻坐了起来,心里惴惴不安。他心想奶奶一定是为了那天晚上的事情来的,一准是来批评自己来的,故作轻松嬉笑地说:"奶奶有甚事?"

奶奶笑道:"没事!进来看看你作甚呢?俺娃看书好。俺娃学习抓得紧呢。"

"没事你才不进西屋呢,一准有事。"

奶奶说:"鬼灵精!奶奶的心思你一定猜着了。奶奶呢想对你说说心里话。你听好了,你娘回来是帮助奶奶伺候爷爷的,是你娘对爷爷奶奶的孝顺。你也看到你爹没有回来!爷爷奶奶多伤心!就这一点你娘比你爹强一百倍。你心里有甚对你娘的不满意,不好的的意见你可以和奶奶说,千万不要和那天那样对待你娘!你娘心里难着呢。你想一个离了婚的女人,再回到公婆家心里有多难受。这里曾经是她的家,现在不是她的家了。她没有家了。她多心酸?多可怜!打个比方,奶奶不要你,把你赶出家门。可你知道家里发生了大事,又想回来帮帮家里。你说你咋样进这个家门?心里该有多痛苦!"

水冰听着奶奶的话心里疼痛地抽搐起来。是啊!娘离婚不就和被赶出家门一样?心里一定痛苦极了。哪里是娘的家呢?自己咋就没想到这一层呢?光想呛娘出气,没替娘想想?

奶奶接着说:"你娘回来的行动你都看到了吧?你看她咋样对待,伺候你爷爷,伺候你们的。人说百善孝为先!你娘这一点你爹坐飞机也赶不上。有这一点俺就得对她好!她是你的好娘。人们说:人心换人心,八两换半斤。她的好心换来你那样对待她!"

"俺爹说的话俺就不要听了?"

"你爹说的话你知道真假?奶奶对他的话都半信半疑。和你娘生活十几年,他能说出这样昧良心的话俺真不敢相信。离婚这样大的事他一个人说离就离了?其中的原因俺们不知道。但是爷爷和奶奶都对你爹的话不相信。一个巴掌拍不响。唉!给你说多少你也不会相信。听奶奶的话!今后不许对你娘不尊、不敬、不孝顺!不许把不孝顺的言行带到家里来!对你娘不孝就是对奶奶不孝!听到没有?"

"听到了!奶奶!俺爹不回来!俺还气他不孝呢,俺不认他是俺爹了!"

"他们是他们,你们是你们,这两件事不要混淆。不要因为这事情仇恨他们。你爹不回来是他不对!你也不要因为这仇恨他,也许他真的忙!"

"嗯!俺听奶奶的。"

"说实话。你娘不回来。你们不要说上学,每天给爷爷端屎倒尿,喂水喂饭都忙不过来。你娘回来,你爷爷高兴的多吃饭了,精神也好了,你们还能安心的上学了。这么好的娘哪里去找?你还不知足!还挑毛病,顶撞娘。你呀!身在福中不知福。你睡一会吧!不看书了。记住奶奶的话!再要瞎折腾看奶奶咋收拾你!"

水冰嘻皮笑脸道:"俺知道!奶奶才不会收拾俺呢?"

奶奶说:"你不信试试!。"奶奶食指指着他,哼一声走了。

水冰在炕上思考起来。娘的一幕幕浮现在他眼前,没有一丝丝不好的地方。可一会爹的话又纠缠过来,咋办?那就听奶奶的话,只考虑他们对自己的好就行。他迷迷糊糊地睡着了,梦里梦到娘给自己盖被子呢。

十三

暮色中的杨村,炊烟袅袅,岚气萦绕。在地里收割一天的人们背着谷个子,回到村来。他们相遇后打着招呼,戏谑着对方,嘻嘻哈哈地散往村子各处。羊儿咩咩叫着归圈,鸡儿早早入窝上架，预示着明天又是好天气。繁忙的一天结束了，村里静下来！

晚饭过后，水冰和晶玉爬在桌上写作业，奶奶坐在一边看着他们。秋风习习地带给人阵阵凉意。

晶玉娘收拾完厨房，又打发爷爷睡了觉，出来走到葡萄棚下，对奶奶说："娘！你收拾收拾早点睡觉吧。这些天你为了支撑这个家，累得瘦了一圈。"

奶奶笑道："有钱难买老来瘦，瘦点好。日子就这样过，世事无常。谁也想不到自己会过上甚日子。晶玉娘你跟俺来！有话对你说。"

奶奶领晶玉娘来到大门口，两人坐到门槛上。

奶奶正色告诉晶玉娘："晶玉娘！你爹的装裹俺早在闰年时就预备好了。在西正房卧柜里呢。南厦里放着板材，和一副柏木头子。你爹一辈子就落下这副好柏木头子。告诉你，是怕有个三长两短你不知道东西在哪。事情出来得由你来主持，你心里必须清楚东西在哪。娘老了怕着急忘了。"

"娘说甚哩？你看俺爹的精神早着呢！"

"唉！医院大夫告诉俺半年。他这一吐血，俺看朝不保夕。早有准备到时不着忙。你爹他肺癌全身转移，全身都有啦！"

"娘！"晶玉娘听到这病心里一阵抽搐，她知道这病的厉害，她轻声哭泣起来。

"你别哭！别让孩子们听到。俺没有和他们说，不让他们早早担心。人啊就是这么回事，说不行就不行了！黄泉路上无老少！孩子们小，告诉他们也没用。和你交代清楚。俺就可以放下这一片心，少操一点心。你也要想开一些。你没白天没黑夜的伺候你爹！还得照管俺娘母三个，你可得撑住了，千万别累垮了。水冰爹不回来，家里大大小小全靠你呢！"

晶玉娘擦去泪水，说："娘！俺知道他不回来。俺接电话时随手给他打了一个电话。他说他忙得厉害。娘！俺回来你就别太操劳了。有的事情交给俺就行。"

"唉！没良心的忤逆子！他就不想想他爹如果病不重，俺能打电话叫他回来吗？忙是他的借口！真的是不孝啊！"

"娘！你也别怪他了。办个公司不容易！俺知道！事情已经这样了。俺能抗下来！天凉习习的。娘你回去休息吧。"

"嗯！"奶奶往起站，用了两次劲没站起来。还是晶玉娘伸手托她一把才站起来。奶奶说："天气凉了，这身子骨僵的。俺去睡觉，你也早些睡。时候不早了，两孩子写完作业也去睡觉了。唉！真是老了。"奶奶双手揉着腰蹒跚地走向北屋。

晶玉娘目送奶奶走后，又坐下来，望着孤独的月亮沉思起来。

其实，水冰是去厨房洗脸刷牙去了，出了厨房见娘一个人坐在门槛上发呆。他本能的想张嘴喊声娘，但心里一抽搐把话咽了回去。爹的话在耳边响起来：你娘有了二心不要这个家了。是她把好好的家拆散，她是个有二心的，不洁的，朝三暮四的，不贞的坏女人！他低头想了想，又回头看看娘是那么孤独无助，离开这里又能去哪里呢？哪里是她的家啊？他的心为娘隐隐的疼起来。他放轻脚步回西屋了。

夜色深沉。晶玉娘感到身上凉飕飕的，她起身来到西屋门口。她已经感觉到儿子踌躇不前的脚步，还有短短的站立。她轻轻敲敲门："水冰你睡了吗？"

"睡了。"

"刚才你是不是想和娘说话来？"

"没有。没想说甚。"

"娘问你，为甚从娘回来就不搭理娘？不想和娘说话。更别说和从前一样一口一个娘叫俺了。到底为甚哩！"

"为甚你不知道？你和俺爹离了婚就不是俺娘了。俺没娘了。这是俺爹说的！"

"娃啊！你是俺怀胎十月在俺肚子里长的肉，就是离十次婚也是你的娘啊！"

"不和你说了。"水冰甩下这句话再不吭声了。

晶玉娘的心像刀割一样疼！一肚子的委屈，冤枉涌上心头。泪水如失去闸门的流水挡也挡不住！哗哗流着。她又不敢大声哭泣。天大的委屈向谁述说啊！天哪！老天不公！杨顺义！你咋能这样对孩子说？她心里哭喊着。泪水顺着脸颊流落在地，发出轻轻的响声。她在西屋门外站了好久，哭了好久。最后缓缓迈动脚步回了东正房。晶玉早已酣睡了。她看着女儿娇嫩可爱的脸，想着哭着，一直哭到快天亮时才迷糊一会儿。

第二天中午下了一场阵雨，很大的阵雨。正是下学时候，水冰、晶玉、树林正走在回村的山路上、没带雨具、又没地方避雨、只能淋雨向家里跑。那雨来得急下得大，他们三没跑几

山花烂漫丛中笑 111

步就成了落汤鸡,坚持跑回家,站在地上,身上的雨水把地上洇湿一大片。娘和奶奶又是心疼又是数落。奶奶说:"这么大孩子了就不晓得避避雨?雨过了再走?真是傻哥领了傻妹,没脑子一对。"奶奶一边说着,一边给晶玉擦着身上的雨水。

晶玉嬉笑着说:"刮了一阵风,雨就倒下来了。根本没地方避雨。"

晶玉娘拿了一套顺义的衣服给水冰送到西屋里。水冰早就换了一套干爽的衣服了,见娘送来衣服想说送晚了。他又感觉不对,便没说话接过衣服。娘看看他也没有说话,默默地抱起地上的湿衣服走了。

这里奶奶给晶玉换好衣服,用毛巾给她擦着头。

晶玉笑道:"俺这么大头一次淋雨呢,雨地里跑步一滑一滑的,真好玩。奶奶你不信试试,真的好玩。"

"还好玩呢,一会咳嗽发烧更好玩,快上炕盖被子捂一捂去。"

爷爷看晶玉叽叽喳喳活泼的劲,笑道:"爷爷也经常淋雨。去地里时天好好的,一会变脸就下雨,经常当落汤鸡。"

"真的!爷爷你发烧没?"

"爷爷这么棒的身体,从来不知道发烧甚滋味。你不信问奶奶。"

"奶奶!爷爷说的是真的吗?"

"是真的。你爷爷说的是真的,就是现在躺在炕上身子不由他了。"

爷爷开心的笑起来。

晶玉娘端一碗姜汤过来给晶玉喝:"快把这汤喝了,驱驱寒气。"

晶玉抿了一小口,皱起眉头:"不好喝!不喝。"

奶奶说:"那可由不得你!必须喝。姜汤驱湿祛寒。快喝!淋雨后必须喝!"

晶玉在奶奶的监视下一口一口把汤喝了。"奶奶就会让俺喝这么辣的汤!"

奶奶笑着递给她一块糖,晶玉才高兴起来。

奶奶问:"水冰喝没喝?"

晶玉娘告诉她:"俺早给他端过去,他喝了。娘!咱吃饭吧?"

"行!你爹早饿了。咱就屋里吃吧。"

"俺去盛饭,这里吃。晶玉喊你哥一声。"

晶玉张口大叫:"哥!过来吃饭!娘叫你吃饭呢。"

爷爷说:"俺晶玉的嗓门就是高。长大了唱戏不错!"

奶奶表示赞同。

这天早上,爷爷起床后感觉不错,他要下地走走。晶玉娘扶他下地刚走几步,爷爷就咳起来,咳嗽不止,还吐了口血。晶玉娘边喊娘边扶他上炕。奶奶过来一看,急忙让水冰去请王大夫。奶奶抚摸着爷爷的胸口,想减轻爷爷的咳嗽。晶玉见爷爷咳得难受,吓得站在一边不敢吭声。

爷爷咳几声吐口血,咳几声吐口血,直咳得昏了过去,脸色雪白没有一丝血色!大家束手无策,只能盯着。

王大夫赶来,急忙下针,行针,不见效果,便偷偷对奶奶说:"婶子!准备吧,俺无能为力了!"

奶奶一听爷爷大限到了,沉着地说:"水冰、晶玉你们快去给你爹打电话!就说爷爷吐血不止!让他接到电话马上回来!快去!"

兄妹俩跑走了。

晶玉娘慌了,不知道自己该做甚。

奶奶说:"闺女!你把你爹的装裹拿出来。拿瓶酒和一条毛巾过来,咱好给你爹穿戴。王大夫你帮俺们一把!"王大夫点点头。晶玉娘连忙行动起来。婆媳和王大夫给爷爷擦拭,穿戴。等水冰、晶玉回来时,爷爷已经装裹好了,就见爷爷指着地上说:"顺义你回来了。"话没说完就咽下最后一口气了,眼睛瞪地溜圆。

奶奶说:"这是老头子不甘心闭眼。老头子!你安心的去吧!有甚话俺对顺义说。俺告诉他!"说话间奶奶用手捂着爷爷的眼,向下抚着。过一阵爷爷的眼睛闭上了,奶奶拿块白纸盖到爷爷脸上。

"爹呀!"晶玉娘跪在炕上大哭起来。奶奶下地把水果等吃食摆到炕桌上。王大夫抹抹眼泪背起了救急包悄悄走了。早已泪流满面的水冰、晶玉见娘哭得悲伤,他俩也扑到爷爷一边大哭起来!哭声很快把村里人,邻居招来了。有在屋里的,有在院里的,都陪着家人哭起来!

哭了一阵,奶奶把晶玉娘搀起来说:"你别哭了,这事情得你来操办呢。"

三婶也是哭得上气不接下气,奶奶也把她搀起来。"他三婶！你帮晶玉娘操持吧，有事你们商量着，把爷爷的事办好，别让村里人说闲话就行！水冰爹是指望不上了，指靠俺媳妇吧！"

"行！俺帮俺二嫂。二婶你别太操劳，有俺二嫂和俺一定把事情办好。"三婶嗡声嗡气地说，她哭得嗓子变哑了。

奶奶说："交给你们俺就放心了。"说着她抹抹眼泪。奶奶忍着心中的悲痛，没有可劲地哭，她知道自己得挺住，给他们做个样子。她经见过许多生死，心早已平淡如水了。

村里人得到消息都来吊唁，络绎不绝。在晶玉娘的指挥下，大家很快在院子里搭设了灵堂。灵堂设在葡萄棚下，人们把爷爷抬出来停床在这里。奶奶坐到西正房，作为接待来宾的地方。

抽空，奶奶把晶玉娘叫到一边和她商量："闺女！天气热，咱停灵三天吧，不用按老规矩停七天。"

"娘！你说甚就甚。俺让三婶去邀人打墓了，也请画匠来油画棺材。"

"成！咱明天晚上入殓，后天出殡，一切从简。"

"嗯！听娘的！"

"今天黑夜，让两孩子给他爷爷守灵，也算他爷爷亲他们一场，也替他爹挡挡口舌！"

"行！俺陪着他们。"

吃晌午饭时，三叔回来了。他是受二哥委派回来替二哥伺候爷爷的。一进村他就得到爷爷走了的息。他把背包扔到院门外，飞跑到爷爷家，进到院子就扑到灵堂前痛哭起来。他恭敬地磕了头，上了香，烧了纸钱，又重重地磕了几个头，心里

山花烂漫丛中笑

说这是替顺义哥磕的。水冰、晶玉早就满身孝服，腰里系着麻绳，孝帽上系一小条红布。村里孙子辈的在孝帽上都缝了红布条给人们明示。水冰听娘的话扶起三叔，领他进了正房。奶奶坐在炕上，马奶奶在一边陪着她说话、落泪呢。

奶奶看三叔进来停住话头，招呼他坐到炕沿上，说"你坐这里，咱娘俩说说话。"三叔坐到奶奶身边。

三叔有些内疚，没有赶早回来一些替二哥见爷爷一面。他对奶奶说："二婶！是俺二哥让俺赶回来带爷爷去医院看病的。听说二叔病重他也是心急上火，可是公司实在离不开他。他真不知道二叔走得这么急！他昨天晚上送俺上火车。二婶！俺回来晚了。对不起爷爷！对不起奶奶！也对不起二哥。"

奶奶平静地说："他三叔不用说了。俺不怪他！怪只怪他父子没有再见一面的缘分。俺有晶玉娘，心里早不指望他了！你回来正好，帮二婶料理料理，也省俺的心。你和晶玉娘商量着把事情办好，俺就当没有生过这个儿子。"

听二婶话语里满是对二哥的怨恨。三叔真是不知道自己该怎样说？说甚好了。他想一下，说："二婶！俺现在就去给二哥打电话让他回来！他是真不知道二叔走的消息。"

奶奶长叹口气说："不用了！回来也见不上他爹的面。回来做甚？听二婶的。帮你二嫂做事去吧，其他的别说了，说又有甚用？"

三叔说："俺听二婶的，俺去看看俺能作甚。"说罢转身出来找晶玉娘。晶玉娘让他去公墓看看打墓地的情况，并招呼他们回来吃饭。

院子南厦里人们忙着做饭,以供来吊唁的亲戚、朋友、街坊邻居吃饭。三叔出门借了一辆自行车骑,先去打电话给顺义,告诉他老爷子过世了。顺义沉默半天才说:"你一定帮着把丧事办好,替俺尽尽最后一次孝心!"三叔放下电话。思忖着,尽孝这事能替代吗?那养儿子干甚?这叫甚事情?看来只能不对外人说打电话的事情,就说二哥压根不知道爷爷去世的消息,自己也兜揽一点责任,要不能咋呢?他骑车去了公墓。

马奶奶要走了,奶奶喊来晶玉娘,晶玉娘把马奶奶扶到灵棚里。马奶奶老泪横流,她给爷爷烧了纸钱,上了香,哭泣道:"大兄弟!原谅俺吧,你病时俺没能来看你。没想到你忽然就没了!让俺没见上你最后一面!俺心里好后悔啊!俺不说你对俺的照顾和那份仁义,也不说你让水冰来照顾俺,俺只是说你一定原谅俺没来看望你!俺腿脚不好,不能跪你。你一路走好!"

晶玉娘扶着她来到院门口,说:"马奶奶你慢走!白事不相送!"

"俺知道哩,俺娃也得照料自己,瘦得可多了。俺走了!"

马奶奶慢慢地走了。

十四

水冰和晶玉一直呆在灵前。有人来祭奠,他们便陪着跪叩,他们送走马奶奶晶玉娘走回来。水冰见娘回来。娘面容特别憔悴,又黑又瘦,身子显得那么单薄,他心里铮铮地疼。他把凳子挪给娘坐,自己站在一旁。晶玉娘理解他的心意,点点头坐下,心里涌上来一股热流,升起点点宽慰。

晶玉娘白天主事、办事,晚上守灵,一直没能休息。村里人都竖起大拇指赞叹,各个都说杨家离了婚的媳妇做得仁义!三天头上,在众人的帮助下,爷爷被风风光光地安葬到公墓里。办完事的第二天,三叔来告辞回了工地,晶玉娘也想走。奶奶让她给爷爷过了头七再走,这两天在家好好歇两天。晶玉娘答应着留下来。

水冰看着娘为家里做的一切心中很感动!娘对爷爷对奶奶对还有所有家人真是尽心尽力的好,成为村里人都称赞的好人,这样好的人咋能有二心呢?说不定是爹道听途说听错了,也许是爹对娘的猜疑?他越思越想心事越重,越感觉娘不是坏女人!真是心乱如麻,他看娘的眼神里也多了一份爱意,不像当初那样有敌意了。但他脑子里还是拐不过那个弯,爹给他系的那个结太大太紧,无法打开,有种先入为主的偏向。虽然爹在爷爷临终前不回来降低了在他心中的威信。但这好像是两码事情,不能互补,没有关系。

早晨,奶奶让水冰和晶玉去上学。她说:"你们去上学吧,家里没有多少事情了,俺和你娘拾掇拾掇就好,不能再耽误你们功课。"

"奶奶!你们别太累了。"水冰瞟着娘对奶奶说:"有重活就放下,俺回来干,你们不要累坏了身子。"

奶奶知道他是想说给他娘听的,说道:"听到了吧,难得孩子有这片孝心。咱重活不要干,让他干,他是个小伙子了。他说的都是大人话呢,这孩子一夜之间就长大了,经一事长一长,老人们说的没错!"

晶玉听奶奶没有表扬自己,心里有些不乐意,想说话又咽回去。她好像也长大不少,搁以前早抢着说一大串话了。

晶玉娘回答奶奶说:"是啊!孩子们大一天是一天哩。娘!你晒太阳吧,现在太阳暖烘烘的正合适晒!""行。"奶奶蹒跚的走到葡萄棚前,晶玉跑向前给奶奶递过一把椅子,奶奶深情地拍拍她的头,说:"俺晶玉也长大了。"说着和晶玉娘对看一眼,坐下晒太阳了。

水冰取来书包递给晶玉,两人背了书包出了院门,默默地走向学校。树林从后面追上来:"水冰哥!你们今天就去上学?不好好歇几天?"

晶玉告诉他:"奶奶怕俺们落下课。怕俺哥考不上重点初中。"

树林起哄说:"奶奶尽瞎操心。凭俺哥俩的学习水平,考重点初中富富有余。俺娘说二婶交给她收割的事情办妥了,收的玉米、谷子直接入了粮食银行。娘说她得把存折给了二婶。二婶呢?没有走吧?"

"没有!给爷爷过了头七再走。"晶玉回答。

"俺娘说二婶是天下最好的人!处人做事棒棒哒!让别人挑不出一点毛病来。还有孝顺老人的那份孝心谁也比不了。俺爹也佩服的一塌糊涂呢!"

"那还用说？俺娘是天下最好的人！哥！你说是不是？"

"是！"水冰绝口赞同，心里也在为娘高兴。

"俺娘说离了婚的媳妇这样对待婆家！天下少有！"

"你！"水冰一把拽住他的脖领子，狠狠道："谁跟你说俺娘离婚了！"树林看他眼冒凶光懵圈了，吞吞吐吐地说："你要做甚？村里人都知道！你瞒俺有甚用？"树林挣扎着。水冰拽得死死的，他最不想让人知道的事情还是暴露了。晶玉看见哥哥这样凶的样子吓坏了，哭起来，一边往开掰哥哥的手一边说："哥！哥！你松手！有话好好说。"

水冰看到晶玉流泪，心软了，渐渐松开手。树林揉着被箍疼的脖子，嘟哝说："就会欺负俺，拿俺出气。村里人都知道了，你咋不打他们去？"

水冰恼怒地说："你再胡咧咧，俺拧下你的脖子来！谁让你听他们胡说八道？告诉你！在俺面前不许提他们离婚的事。再说一句你就死定了！"水冰做个捏死蚂蚁的手势，树林醒悟过来，连忙说："俺错了俺错了，俺再也不说。心里就没有这档子事！哥！到了学校你抄俺的笔记吧。为了让你抄清楚，俺把笔记记得特全。"

水冰看看他，揽过他的肩说："这还差不多。咱们走！"

晶玉抹抹眼泪，默默地跟着两个哥哥走。她想："他们说的是不是真的？俺爹娘咋会离婚呢？不会吧！"

校门外，晶玉拉拉水冰的后衣襟。水冰回头看看，对树林说："你先进去吧，哥一会找你，俺和晶玉说句话。"树林巴不得马上离开他呢，一听这话马上快步跑走了。他猜到一定与自己刚才说的事情有关。怨不得水冰哥对自己那么狠呢，他想瞒着晶玉呢。

树林一走，晶玉落下泪来。

水冰："晶玉你咋啦？你咋哭了？哭甚了？"

"哥！爹娘离婚你咋不告诉俺？爹娘甚时离婚了？"

"这个……。"水冰斟酌一会措辞说："晶玉听哥说，爹娘离婚是他们感情出了问题。不关咱们的事。咱们也管不住！上次爹娘一起回来就是办离婚手续的。奶奶说你小不懂，所以没有告诉你，怕你想不开难过。哥心里也不懂他们为甚离婚。你知道了也别多想。你看娘在家像离婚的人不？还不是和以前一样对待咱们？娘永远是咱的娘！谁也无法改变。"

"嗯！"晶玉答应一声走往校园。水冰有点诧异，晶玉咋不哭了？咋啦？他又担心起来。这不哭也不对啊。他紧走几步跟着妹妹，送妹妹进了教室。他才有点不放心的回到自己教室去，一直提心吊胆到中午放学，看到妹妹面无表情的下了学，他悬着的心才落到肚里。其实晶玉还是八岁大的孩子，她不会想太多，和其他孩子一样三分钟的热度，当时真的为爹娘离婚伤心了一下，过后不再去深究！

爷爷的事情办完的第三天下午，晶玉娘去了三婶家。两孙子上学，奶奶一个人在家看着老伴遗像发一阵呆。然后叹口气，开始悉悉索索整理家里的东西，把老伴穿过的衣服和鞋袜都翻出来，准备头七给老伴烧了去。翻完立柜，她上炕翻躺柜，收拾到柜底时，一个明黄绢包露出来。她拿起来打开，一只羊脂青玉镯展现在眼前，这是自己的陪嫁。这东西陪自己嫁过来就压了箱底，一放就是五十多年。她拿抹布仔细将镯子擦了一遍，心想：媳妇帮自己办好老伴的事，干脆就把它送给媳妇吧，本应该好好谢谢媳妇的。这么贵重的东西也能代表自己心意。从儿子和媳妇离婚，自己感觉儿子对媳妇不公平，心里有了亏欠，就把它送给媳妇也算自己一份心意吧。她想着，把包包好，看看放哪里，放柜底又怕一会忘了。她抬头看见大梁下有立柱的一个凹洞。她站起来踮脚尖把绢包放进去，凹处还挺深。她满意地笑了笑，又去收拾躺柜。

这时晶玉进门问奶奶："奶奶！你做甚呢？"她其实早一步进来，看到奶奶往墙柱下放东西。她又轻轻退了出去，在门外偷看奶奶，奶奶退回躺柜前，她才闪现出来。

奶奶说："奶奶把柜里的东西归整归整。爷爷的东西头七给他烧了，省得他回来拿东西吓着你们。"晶玉说："俺才不怕爷爷呢，回来正好。"奶奶盯着她看了一会，心说：还是小，甚也不懂。奶奶说："你把这一包衣服抱到外间。奶奶马上拾掇好了。""哎！"晶玉把包袱抱到外间，连忙又跑了回来。她怕奶奶转移了地方。奶奶问："你回来了，你哥呢？"

"俺哥补课。让俺先回来！他要补到天黑呢。"

"那你还不赶紧写作业磨蹭甚！"

晶玉看看奶奶去院里写作业了。

她根本写不到心上，奶奶往墙洞里藏甚哩？还用黄布包着。那是个甚？她心里好奇极了。她写两个字就看看奶奶出不出来，急切盼奶奶赶快出屋，哪能写好作业呢？

一会奶奶出来了，对晶玉说："奶奶不想做饭。你去你三婶家,叫你娘回来做饭。"

晶玉心里有事,哪里能出去呢。"奶奶你去吧,俺好多作业呢,写不完咋办?"

奶奶看看她,想命令她又怕她真写不完作业,轻轻叹口气自己去了。

晶玉看奶奶出了院门拐弯走了,一下蹦起来,冲进屋里,打量一下墙洞。她搬个凳子上了炕,踩到凳子上向洞里掏摸,探不上。晶玉便又跳下炕,去院子里找根小树棍,又回到炕上用棍子触到东西,挑了出来,是个黄布包。她伸手抓起装入口袋,急忙把凳子放回原处,捂着口袋出了屋子,又怕奶奶现在回来看见便跑出了院子。

晶玉来到路上,看四周没人,把包打开,是一只大手镯。她高兴了,把镯子带到自己细细的胳膊上,太大!不合适。她把镯子捋到拳头上,勉强挂住。她学习电视剧里的贵妃扭答扭答走起路来,两只胳膊一前一后甩着。右手拿着黄绢举到耳畔一侧,接着向前一甩绢子,镯子一下子甩了出去,落在石板路上摔成三截。她见惹了祸,心急忙慌地捡起镯子包起来,匆匆跑回北屋,想把东西归还原处,刚上炕听到奶奶和娘的说话声。她慌乱地四处看看,顺手把包塞到躺柜上摞的被子下面,然后躺到炕上闭上眼。

院子里,晶玉娘进了厨房。奶奶进了北屋,看见晶玉躺着,奶奶问:"晶玉,你咋了?不待动啦?"

"没!"晶玉坐起来:"俺等你回来呢。你咋才回来?俺饿得前心贴后心了"

"俺娃整的这些词跟谁学的？"

"跟俺爷爷呗。"

"噢！"奶奶看他一眼，"你起来。你娘做饭去了马上就好！你哥也回来了。去和你哥再写一阵作业。""嗯！"晶玉一骨碌爬起来，跳下炕，冲出屋去。奶奶欣喜地自语说："这孩子今天倒是听话，往常可得腻味一阵才去学习呢。"

吃完饭。兄妹棚里写作业。晶玉几下就写完。她不急着回屋，在桌边动动这，动动那，整得水冰烦了。

水冰板着面孔说："你作业写完赶快找娘去！在这儿着猫斗狗影响俺学习。"

"俺看着你写作业。"

"去去去！不要打扰俺！找你娘去。"

"找就找！当俺稀罕你呢。"晶玉负气地回屋找娘去了。水冰厮笑一下专心写作业了。

屋里，奶奶看电视忽然想起来手镯，她到躺柜上面，找了半天没找到。又四处眊瞭着寻找。晶玉娘问："娘！你找甚哩？"

"俺刚才翻出来俺的玉镯子，用一块黄绢包着。你见没见？"

"俺没见。娘！你想想放哪片地方了。"

"俺没下炕。就放炕上了，咋也找不到。俺记性越来越差了。"

"娘就放在这一块？"

"是啊。俺就顺手一藏就想不起藏哪里了。俺想把它送给你呢。"

晶玉跳上炕说："奶奶！俺帮你找。"说着装模作样帮奶奶找，一下从被子下面拽出来黄绢包，举着问："奶奶是不是这个？"

奶奶高兴地说："是哩是哩。就是它，刚才寻出来想给你娘。你给她吧。"

晶玉把包给娘，一边还说："娘！俺可是轻轻给你的，一下也没磕碰。"

娘打开包，三截段玉呈现出来。奶奶拿过来一看，说："谁把俺的玉打碎了？这是羊脂青玉，贵重着呢。"

晶玉说："奶奶！你看到了，俺就从这里拽出来的，不是俺！"奶奶奇怪地说："刚刚俺寻出来还好好的。咋现在断成这样子？！"

晶玉娘说："你收拾的时候谁在来？"

"谁也不在。快收拾完晶玉回来了，她回来俺才走的。俺和你回来，她在炕上躺着呢。"

晶玉娘心里全明白了，厉声问晶玉："晶玉你老实说。你把镯子咋弄断的？"晶玉嘴硬说："俺没有。奶奶别冤枉俺！"奶奶说："俺可没有冤枉你。"奶奶心里也明白了。为甚刚才晶玉不自然。

晶玉娘问："娘！这镯子值钱吗？"

"嗯！二十年前能卖两万，眼下最少值十几万。"

"这么贵重啊！晶玉老实说！不说看俺打你！"娘从炕上抓起笤帚疙瘩高高举起来！

晶玉机灵地一步跳到地上，吱溜钻出屋子，嘴里大声嚷嚷："哥哥救救俺！娘要打俺。"

奶奶叹口气，看着断镯子说："娘只有这件宝贝了。别的再没有了。有两个金戒指没钱时换钱了。本来想给你，这下泡汤了。咋办？"

晶玉娘笑道："娘！俺心领了。娘，你别生气。坏了就坏了吧。俺把这拿着，去了城里找个银匠用银子镶起来，也能戴。娘！你的心意俺记在心里了！"

奶奶很无奈，拿一截玉道："你看这玉津润饱满，冷坑水色。多好的玉，让她毁了。她从来不调皮捣蛋，平时都是他哥捣蛋，今天不知咋了。唉！这东西可硬呢。俺拿菜刀刻都刻不下印子。她咋就弄断了，俺不明白。"

"娘！"晶玉娘陪着笑脸说："咱不说了！俺一定把它修好。天不早了，该休息了。"

正说着，晶玉躲在哥身后挨进屋来。她在家谁都不怕，就是有点怕娘。

水冰说："奶奶干嘛打晶玉？能不打她吗？"

奶奶说："她把俺的传家宝弄断，还不承认。那是十几万块钱的东西呢！你说该不该打？"

水冰一听这么贵重，便拿起断玉看看："这不是块石头吗？和俺小时候擦石板用的一样呢！"

"这是羊脂青玉，可贵重了，是俺姥姥私下里给俺的陪嫁，现在能卖十几万呢，让她打断了。你问她该不该打！晶玉你说。"

126 / 山花烂漫丛中笑

水冰把晶玉拽到前面，晶玉脚搓着地，手也没处放，左不是右不是。

水冰说："快对奶奶说对不起！快说！"

晶玉低着头喃喃道："奶奶把东西放到那个墙洞里，俺瞅见了。奶奶一出去俺就拿出来，跑到街上戴起来。学贵妃走路，这么一甩甩出去，落地上就断了。俺没想到一下下就断了。这可不能怨俺！俺没想摔。"说着晶玉泪流不止，低声哭起来。

奶奶笑着说："你摔了镯子为甚不说实话？"

"俺怕你骂俺打俺！"

水冰心疼地给妹妹擦着泪，说："奶奶！晶玉认错了。又陪了不是，你就原谅她，你想打就打俺，俺经得住！"

"看你们兄妹亲的。奶奶不亲你们！！不哭了！断镯子让你娘拿到城里看能不能修，再修也不值钱了。你们洗洗睡吧。你娘都没怪你！俺也不怪你了，洗涮去吧。"

水冰心中热浪翻滚。十几万的东西毁了娘不说一句狠话，真是大度。奶奶也没说重活。多好的奶奶，多好的娘。他深情的瞅瞅奶奶又看看娘，转身走了。

晶玉娘拉过晶玉来："你还委屈了？那是奶奶最宝贵的东西，是太姥姥给奶奶的陪嫁。你把它摔坏了还有理了？不许哭了！洗脸去。"晶玉还委屈地抽着鼻子呢。

奶奶看着她们母女，心说：东西再宝贵也不像你们宝贝！至亲的亲人呐！

十五

　　爷爷头七这天一早。晶玉娘领着水冰、晶玉，抱着该烧的东西，提着祭品到公墓给爷爷烧头七。娘哭得天昏地暗，伤心欲绝。水冰、晶玉也不禁嚎啕大哭，泪水横流，听着娘对爷爷的述说，更是伤心欲裂。一注香后，娘止住哭声，把俩孩子拉起来，说："不哭了！爷爷知道俺娃们的心！回吧！"

　　他们回到家。水冰、晶玉去上学了。晶玉娘收拾行装，准备明天早上回去工作。

　　水冰、晶玉中午下学回来，看见一辆黑色越野车停在家门口。几个孩子围着车转来转去，摸摸这摸摸那。两位老人坐在门石上晒太阳。

　　"又出甚事了？"两人心情紧张起来，连忙进院。原来爹回来了，坐在桌子旁听奶奶哭着述说呢！

　　一看是爹，水冰心里怨气直冲脑袋，耳边响起爹在电话里的声音："我正忙着高速公路的招标！没空回去。你给爷爷请最好的大夫看病。不要怕花钱！""俺奶奶是说爷爷病危，想见你最后一面。奶奶让你马上回来！"水冰扯着嗓子喊。"我真的脱不开身。这个标投成功，公司就有发展，就有了活路！儿子！你得理解爹！""你！"水冰气得大喊："告诉你！你不回来俺就不认你这个爹！""爹有难处！公司的生死存亡。""那也没有爷爷的生命重要！！"水冰撂下话筒带一肚子气和晶玉回家了，家里忙成一锅粥！

想到这里。水冰深深吸口气，压压心中的怒火，真想扑过去指着爹的鼻子，骂他一顿替爷爷出口气。转念一想，有奶奶呢，忍了吧！他问奶奶："奶奶！俺娘呢？"

奶奶指指厨房，止住泪说："你没看见你爹？也不问一声？"

"俺没有这样的爹！"说罢他进了厨房。

水冰爹苦笑一下，无话可说。奶奶说："这孩子犟！不知像了谁。"

晶玉怯生生地问："爹！门口的汽车是你开回来的吗？"

"是啊！那是爹刚买的，咱家的车。明年爹开车拉着你们一起到城里上学去，把奶奶也一块拉着，让奶奶在城里享享清福。"

奶奶说："你们去吧，俺没那个命。"

晶玉闪着黑亮的眼睛钻进奶奶怀里。奶奶轻轻抚着她，她瞅奶奶泪水没干，伸手捞过桌上的纸巾给奶奶擦擦泪。

水冰进了厨房，又有些尴尬，毕竟好久没和娘说话了，有些不好意思。

娘说："回来了？饭菜马上就好。你招呼奶奶他们准备吃饭。"

水冰答应一声，转身出了厨房，对奶奶说："奶奶！娘让准备吃饭。"

爹苦笑一下，说："水冰啊！领爹去公墓看了爷爷，咱再吃饭。"

水冰坚决地说："不去！现在看爷爷有甚用？没用！当初

干甚来。"说着他钻进西房去。

顺义央求娘,"娘!水冰他恨我呢。你说给他,让他带我去吧,娘"!

看着顺义歉疚的表情,听着顺义的央求,奶奶心里有些不忍,高声道:"水冰!水冰你出来。听奶奶的话。领你爹去看爷爷!你爹没去过,不知道路。到了坟上你就回来,乡俗不能过了午上坟。快点!听奶奶的。马上出来!"奶奶加重语气。

听奶奶的口气有些生气,水冰一步挪二寸地走出来。

"快领你爹去!这么大人了不听话?上坟不能过了时辰,过了就不好了。快去!"

水冰乜斜爹一眼,又看看奶奶慈祥的面孔便走向大门口。水冰爹急忙抓起桌上的贡品追上去。

一路上父子俩谁都没有说话,径直来到公墓。公墓是镇政府为了节约土地统一安排在这里的,东西两面靠山,正面向阳坡上便是。爷爷新坟新土,立着一块长碑,碑前一张长条供桌。水冰爹默默地把贡品摆上,点上香烛,跪下叩了四个响头,然后匍匐着嚎啕大哭起来!他心里悲痛欲绝,没能见上父亲最后一面,心里比旁人更多了一份歉疚,心里那个悔恨,无法明说。他的哭声引起水冰的共鸣,水冰想到爷爷对自己的亲,不禁也失声痛哭起来。水冰跪在一边磕了头,哭着帮爹烧纸钱,又把爹带的酒瓶打开,将酒洒在火里,洒在坟上,心中默默念叨:"爷爷!你那不孝儿子回来看你来了,你就原谅他吧!你喝喝他的酒原谅他吧!他也真的有难处呢,爷爷原谅他吧!"他又从爹的烟盒里抽出四支烟,点着,摆到供桌上。他的泪水不经意间在面前的新土上滴了一个坑。香烛烧完,水冰爹止住哭,又磕了几个响头,站起来对儿子说:"水冰咱回吧。"

水冰掰了块蛋糕给爹吃,说:"这是爷爷的克食。你吃了爷爷就原谅你了,就会保佑你了。这是奶奶教给俺的。"

爹吃起来,看儿子这样懂事心里不知什么滋味。父子两人向外走。

水冰愤愤不平的埋怨爹:"活着不孝,死了直叫,有甚用呢。爷爷临咽气还想着见你呢,爷爷多想见你最后一面啊。你就不能抽一点功夫见见爷爷再去争你该死的标?"

"我真的没想到你爷爷走的这么急。只是想他身体平时很棒,一定能扛过这些日子。要知道这样,我说甚也不招那个标,回来看看爷爷!"

"少在这里卖片儿汤,送白水人情。你心里压根就没有爷爷,爷爷的命没有你的标重要。俺问你,俺娘一接电话急着连夜往回赶。你呢?咋唤你都不回来。你这是人做的事情吗?保不齐爷爷见你回来一高兴多活几天呢。哼!你配做俺爹吗?"

水冰越说越来气,不说话了。他知道再说话会骂人的,骂自己的爹不像话。他大步回村了,山路上只留下步履缓慢沉重的水冰爹。听到儿子的数落,他心里真是后悔的肠子都青了。唉!内疚、后悔、痛苦,他心里真是五味俱全。深秋的山里,红叶、黄叶铺满山间。山间像织锦地毯,秋风刮来凉凉的。季节不饶人,时间更不饶人。

晚饭后,谁都不说话,奶奶吩咐说:"水冰、晶玉收拾碗筷到厨房，奶奶一会洗。你们在这里写作业。晶玉娘快去屋里歇着，这段时间你都没有睡过一个囫囵觉，明天还得坐火车，快去！"

晶玉娘乖乖地去休息了。

水冰和晶玉收拾好桌子，爬着写作业了。奶奶去洗碗。水冰爹坐在一边一支接一支抽着烟，心里满是后悔自责。从三叔回到城里，一五一十把晶玉娘的所作所为说给他后，他真的心里在流血，感动得满心伤痕。三叔说："这样的女人打灯笼你都找不到！你真是瞎了眼和她离婚！"听着三叔的话，他感动得离开三叔后自己去抹眼泪。那时他心里特别矛盾！想着自己不该那样对待晶玉娘，更不该背地里血口喷人，给她背黑楔子。晶玉娘那么仁义善良，这样对她实在不公，有违天理！

奶奶洗涮完，回了北屋。她对儿子一肚子意见，尤其在对他爹的举动上，实在是不孝。她不想和儿子说话，想让他冷静冷静，自己去想一想。她用母爱包容着儿子。

顺义跟娘进了北屋，他想对娘说出实话。对晶玉娘的不实之词压得他喘不过气来，这是一份良心债啊，可当他看到娘犀利的目光时，胆怯的把话咽了回去。他不想家里闹地震，不想被娘赶出门！

奶奶看看他的样子说："你去和晶玉娘说说话，感谢感谢人家的好，感谢一下人家对咱家的大恩大德。没有哪个离了婚的女人为婆家这样做。娘说你几句，你说你爹病重得吐了血，给你电话请你回来，你都不回来！哪怕回来看一眼就走，也尽了心尽了孝，也堵了村里人的眼。你爹也不会带遗憾走，你也没遗憾啊！你说你让街坊邻居咋说你？你也不怕没脸进村？都是晶玉娘给你遮了脸，没有让村里人给你难堪！你啊好好想想吧！好好感谢晶玉娘去吧，别坐这儿抽烟了。你爹就是抽烟抽死的，你又来了。儿啊！人在做天在看，一辈传一辈呢。俺也累了，你去吧。"

"娘，我想和你说说心里话。你咋不让我说？"

"有话去和晶玉娘说，说得真诚些。俺不待听你说，你快去！"

顺义没办法只得退出西正房，往东正房来。

晶玉娘听到脚步声，她闭上了眼睛。

水冰爹进来站在地上，踌躇再三，开口问道："你睡了吗？"毕竟离了婚的夫妻，经过这么多事情，这么长时间没有说话，这话还是不好开头说呢。

晶玉娘坐起来："没睡。有甚事？"

"嗯，嗯。"水冰爹摸摸自己的头，鼓起勇气说："娘让我对你说谢谢你！谢谢你给我爹尽了孝。谢谢你为这个家做的一切。还有我想对你说，离婚的事是我不对！全怪我鬼迷心窍。我诚心诚意地向你赔罪！对不起！对不起！"

晶玉娘盯着他，心里知道他是犟人，从不和人服软，尤其夫妻身份时。时髦的话是典型的大男子主义者。现在他服了软，说出这么多感谢，赔情道歉的话。心里对他的恨意也减了几分。晶玉娘没说话，不知道说甚好。

"晶玉娘！我逼你离婚是我错了。离婚时只给你八万块钱，做晶玉的抚养费远远不够。我心里过意不去，给你这张卡,卡里有二十万,是对你的补偿,密码是你的生日。这是我的忏悔和愧疚,将来你和晶玉到城市生活当作一些铺垫。没有钱在城市无法立足。"

"俺不要!俺有钱。俺没打算去城市生活,村里生活挺好!"

"你不要拒绝,将来晶玉长大了要去城市生活咋办?总得有点基础吧,也算对闺女的补偿,总之一句话:谢谢你为这个家所有的付出。我看你瘦了一圈,都是为这个家累的。以后你得打兑自己的身体,不为什么也得为孩子们保护好身体,别把身体搞垮。我知道你累了,不多说了,你休息吧,对了,明天坐我的车走,我把你送回去。"

顺义说后边的话时心中感慨万千,泪水涌到眼眶外。他扭转脸不让晶玉娘看到,他话音里带上了鼻音,他出去了。

晶玉娘从来没有听他说过这样温情的话,被感动到了,心中的委屈、不平、不甘、恨意,像放开闸门的水汹涌喷出。她急促地哭泣起来,泪水如泉很快把枕头湿了一大块。

水冰爹回到西屋,坐在炕沿上思想起来,心里一大堆话真想找个人倾诉。可是这些话能和谁说!和娘说一定会惹得她大发雷霆。和儿子?他小无法沟通。和晶玉娘?不行!唉。他叹口气只能闷着头抽烟。烟头一明一暗,在没有灯光的屋里分外显眼。

水冰和晶玉做完作业,分头回屋。

水冰推门进来,随手打开灯,说:"你这是做甚?抽这么多烟,呛死个人!"

他恨恨地剜了爹一眼，从炕上抱起自己的被子、枕头转身走了。

水冰来到西正房，说："奶奶！俺跟你这儿睡！"

奶奶说："不行！奶奶今天不要你。你和你爹睡去，他好不容易回来一次。你正好帮奶奶听听他的想法，回头告诉奶奶，奶奶也好分析分析。你说天下哪个人不想临死前见爹一面呢？你帮奶奶了解了解真相。俺知道你爹有难处。俺的儿俺知道。你多想想你爹以前甚样样，就能想明白。听奶奶的！去吧。没有隔夜的父子仇。"

水冰思忖一会说："奶奶！俺这可是听你的话过去睡觉的。不是俺情愿的。俺不想和一个不孝子住一个屋。"

"奶奶知道你的心思，奶奶能不知道吗？你快去吧，奶奶困了。"

水冰缓步回了西房。水冰爹已经打开窗户把烟气放出去了，他自己躺在被子上瞪着大眼看天花板。

水冰三把两下铺好炕，关灯上炕，背对着父亲躺下。月光从窗户钻进来，惨白惨白地惹人心烦。

水冰爹幽幽地说："水冰啊！明年就考初中了，爹在城里给你俩联系了学校。等你考完试就和晶玉一道转到城里上学。城里的师资力量雄厚，环境也好，在那里抓紧一些，一定考个重点高中，将来考个好大学。"

水冰没有搭话，眼睛骨碌碌转着，谛听着。

顺义接着说："让我没想到的是你娘离了婚还和以前一样待承咱们。我以为她会跟我寻死觅活地闹事呢，没有闹，弄得我不知道咋对待她好了。"

水冰说:"谁像你不仁不义!紧急关头不回家!变得不像俺爹了。是不是进了城的人都会变?"

顺义黯然神伤,缓缓说:"在爷爷的事情上爹错了!爹应该像奶奶说的那样,回来看看爷爷再去争标。你知道爹的公司大大小小二十多口子要吃饭,爷爷病时我正在交通厅争高速公路的标段。那个标五公里一个标,一个标就是五千万的进项。爹不想多年打拼的公司垮台,不想放弃,所以尽全力拼搏。心里又存侥幸,以为爷爷身体一向很好,不愁挺过那几天。想不到,"水冰爹说着唏嘘起来,"想不到爷爷发病急,走得快。我派三叔回来也没有赶上见爷爷一面。我肠子都悔青了,爹对不住爷爷,对不住奶奶,对不住你们,对不住你娘!"

"你现在标争到了,公司保住了,跟俺说甚后悔?早干甚来?后悔有甚用。俺瞌睡,睡了。"

水冰爹尴尬地停住话头,看着儿子的后脑勺。他长叹口气,双手垫在头下,看着孤单的月亮出神,一夜未眠!

十六

翌日一早,水冰爹就得回去,他雇的工队要开进山里进驻工地,他必须回去,顺便把晶玉娘送到她去的城市。一家人在大门外分别。晶玉拽着娘的手哭成泪人,从前她送娘从来没有哭成这样,也许是大了,感情更丰富了。爹把娘的提箱放到后备箱里。箱子里是奶奶给晶玉娘带的山货，干黄花菜、干木耳、干蘑菇。奶奶特意告诉晶玉娘多分一点给老板，算是个心意。

爹发动着车，从车窗里对娘说："娘！你们回去吧。我们该走了。"并招呼晶玉娘上车。

奶奶从晶玉娘手中接过晶玉，对晶玉娘说："你上车吧，到了工厂多保重自己。"

"知道了。娘！你们回去吧。水冰一定听奶奶的话，不许调皮捣蛋，有事情多问问奶奶。晶玉就托付给你们了。"边说边上车，晶玉娘摇开窗户眼泪婆娑地挥挥手。越野车缓缓驶出村子去。

奶奶给晶玉擦擦泪水："俺娃洗洗脸再去上学，成了小花猫了。水冰去把晶玉的书包一起拿上，俺给她洗脸。"

水冰答应着去了。奶奶舀水给晶玉洗了脸，一边叨叨说："俺娃大了，上学更要讲究卫生，不然谁会理个脏娃娃呢。"

晶玉说："班里同学都喜欢和俺玩。奶奶你放心，俺在学校里可活人呢。"

"俺娃能的。"

水冰拿来书包，招呼晶玉一起上学去了。

奶奶坐到几乎落光叶子的葡萄棚子下，孤独地思想起来。老伴一走，奶奶心里感到特别孤独，特别是两孙子上学一走，这种感觉压得人喘不过气来。唉！老了就是这样？孤独的老去？想想马奶奶这多年咋过来的。那么大一个院子，孤零零一个人，不要说更是孤独寂寞了。奶奶胡思乱想着。

山花烂漫丛中笑

秋冬交替时节，下了几天连阴雨，因此这个冬天来的有点冷。山里的冬天又比平川要冷一些。杨村的人早早就穿上羽绒服、厚毛裤、保暖裤了。快到腊月时，山里下了一场大雪，漫天遍野白茫茫一片。平地的雪有四五寸厚，住平房的人家扫房顶上的雪都扫两次，不然雪厚了会把房顶压塌。大雪下了一个整夜，早上雪停了，天色还是阴麻麻的。这时的孩子们乐疯了，一早上就到雪地里玩耍。堆雪人，打雪仗，比比谁滚的雪球大。

水冰起得早，把晶玉从睡梦中拽了起来，两人在院门外堆了一个超级大的雪人。两块小半砖作眼睛，你说大不大？他们还铲出一条连接村里小路的雪路。这时，晶玉跑回了家。水冰不解地摇摇头，继续自己的铲雪工作。

晶玉搀了奶奶出屋到大门口看雪人。

水冰吼她："你做甚把奶奶扶出来？不知道路滑？万一把奶奶摔了咋办？"

晶玉被泼了冷水，不高兴地说："没见俺扶着奶奶吗？咋能摔倒？奶奶俺哥吼俺，你也不管。"

奶奶笑道："哪里就能摔倒？晶玉是俺的小拐棍，俺拄着呢。雪白雪白的大地多好看，看着多舒坦。你咋不知道扶奶奶出来看看这美景？还吼晶玉。"

水冰连忙跑到奶奶这边搀住奶奶："奶奶喜欢看雪景，俺天天扶你来看，行了吧！"

奶奶笑着说："一听就知道是虚情假意，这雪天天下吗？这么大的雪俺都十多年不见了。"

水冰不好意思地笑笑。

晶玉趁机说："俺哥就是空头人情，早说给俺买小羊，到现在没见一根羊毛。奶奶你别信他！"

奶奶说："你错怪你哥了。你哥要买羊俺没让，怕耽误你学习。"

水冰说："知道哥的真情实意了吧，哥一直是真心呢。"

"你不用兴头，俺相信俺孙女的，回屋吧。你们该上学了。水冰你也不去马奶奶家看看？"

"看了！俺半夜扫完屋顶上的雪去看的。孙叔叔他们几个人正给马奶奶扫屋顶，俺帮着把院子里扫了一条道才回来。"

"好！这才是孝顺孩子。也不知道你爹娘过得咋样？他们那里下没下雪？"

"奶奶你不用挂念俺爹。倒是俺娘没有消息让人挂念。"水冰说，"俺三叔对三婶说俺爹过得滋润着呢！"

奶奶说："谁说不是？你娘走时脸色不好。人也消瘦得厉害。俺能看出来，最不好受的是她心里，心不好受比甚也难受！"

晶玉眼圈红了，泪光直闪，低声道："奶奶！俺想娘了。"

奶奶赶紧说："晶玉你用点劲，奶奶要摔倒了。快！"晶玉连忙用劲扶奶奶，水冰也用力扶，两人把奶奶扶回屋子。水冰叮咛奶奶千万别出家门，就在家里，外面的事俺回来做。奶奶笑着答应了。放下奶奶，晶玉和水冰上学去了。

树林早在村口等他们呢，一见他俩就飞给他们几个雪球。

水冰马上还击，晶玉加入。三个人你扔我一雪球，我扔你一头雪，边玩边向学校走。

玩着玩着，树林神秘兮兮地招手叫水冰过来。水冰说："你可别来阴招，来阴招俺可不饶你！"

"正经事正经说。俺多会有过坏心眼？"

"谅你也不敢。"水冰靠近他。

树林说："这可是最新消息。水冰哥！你知道不知道你爹在城里给你找了一个年轻漂亮的小娘？""你！"水冰一把揪住他："你又胡说甚？找打啊！"说着挥起拳头。树林拼命挣脱他的手，说："这可不是俺造谣。村里人给你爹干活，甚能瞒住呢？俺听快嘴大婶说的。你不信去问他。"树林其实是听娘给爹打电话时，爹告诉娘的，娘对快嘴大婶说时树林偷听到的。他看水冰目光凶凶不敢说实话。

"你还说！是不是！不是警告过你不许听，不许传这些胡说八道的烂事吗？再让俺听到你嘴里漏出一个字。俺捶死你！"

"不说就不说。俺好心提醒你，让你防着点。好心不得好报烧香引得鬼叫。"

"你少来！你那是好心吗？"水冰说着扔树林一头雪，树林急忙捧一捧雪来报复，水冰早跑了。正巧晶玉拿雪球过来，树林把雪赏给晶玉。晶玉追树林，树林跑走，水冰截住他，嘿嘿笑着。树林想冲过去，晶玉追过来一捧雪撒到他脖子里。水冰的雪撒到他头上，水冰晶玉笑着跑走了。树林火了，握着两个雪球边追边嚷道："你俩个人欺负俺一个。不算好汉！有本

140 / 山花烂漫丛中笑

事一个一个来!"三个人嘻嘻哈哈的在上学的路上玩个不亦乐乎。

一进冬天,一家人就都住进西正房来,这样省不少取暖柴炭。一家人挤在一个炕上,既温馨又暖和,又能互相照顾。奶奶就在屋里做饭,不用跑厨房,厨房成了不花钱的冰库。每天晚上吃完饭,水冰晶玉就趴在桌子上写作业。这时奶奶会不吭声地坐在一边,陪着俩孙子。晶玉的作业少,很快就写完到一边玩去了。水冰知道自己落了课程,另外给自己加了不少作业,以勤奋来补充落下的课程。马上要进腊月了,春节在望。爹不知道今年回来不回来,娘一定回来。娘回来晶玉就高兴,晶玉高兴,奶奶和水冰也会高兴。一家人都高兴。可是?娘!你为甚做错事呢?不做错事多好!咱一家人和和美美多幸福!爹!再说你,你咋就有了小三呢。虽然那天俺阻止树林传播,但俺相信树林说的是真的。无风不起浪!你们大人们究竟咋啦?真麻烦,想着都麻烦。水冰拍拍额头,自语:"瞎想甚呢。说是加大学习力度又开小差。"他瞅瞅奶奶,又学习开了,奶奶问:"遇到难题了?"水冰说:"没有!俺走神了。"

没几天腊月到达,农家忙起来,打扫院落,打扫储藏室,到镇上买东西。现在村里人富裕起来了,早早就烧酒壶壶、肉铫铫。不再等腊月二十三开吃了,早就杀猪宰羊闹过年了。

腊月起学校放寒假,水冰睡了一个长长的懒觉,十点多才起床。洗漱完,他在院子里跑了三圈。奶奶和晶玉打扫、收拾院子里的杂物,包括南厦里的柴火。那是水冰闲暇时和树林上

山花烂漫丛中笑 \ 141

山砍回来的灌木，是一种很耐烧的柴火。

水冰甩着双臂走着，转身时看见院门外停下一辆中型面包车。他连忙告诉奶奶有人来了。

奶奶和晶玉抬头望着大门口，手中还在摆放柴火，没有停止干活。

两个穿白大褂的人抬着副担架进了院子，后面跟着一位高挑、白净、漂亮、衣着时尚的女郎，她挎着一个蓝色的手提包。再后面，一位年轻人扛着一个装着轮椅的箱子。

女郎看见奶奶他们，便疾走几步问道："大娘！这是杨顺义的家吗？"

奶奶点点头，仔细打量着她。

女郎笑道："还真的找到了。顺义说得没错，挺好找的。大娘！我是顺义公司的副总，我叫刘娜。大娘！顺义前些天在工作中出了车祸，在医院抢救了十几天才醒过来。现在到了康复修养期，我们把他送回来了。"

奶奶一听是顺义，几步迈到担架前，撩开白被单一瞧，可不就是顺义。他头上缠满绷带，睁开眼看看娘，又闭上眼，轻声叫声娘。

"儿啊！你咋成这个样子了！快！快！快！抬到西正房去。"

水冰急赶几步撩起棉门帘，一群人进了屋。穿白大褂的人把顺义抬到炕上，安顿好，跳下炕来，接过奶奶给倒的水，喝一口说："这个炕热乎乎的，有利于血液循还，有利于杨总康复。平时多给他喝水。防止上火。"

奶奶给每个人倒好水，坐到椅子上。

年轻人一进门就打开纸箱，拿出零部件组装轮椅。一件一件安装好，在地上推着转了几圈，试好放到一边并告诉了刘娜。

刘娜见奶奶坐下来，她也坐到奶奶一边，对大家说："谢谢大家！我代表杨总谢谢大家，谢谢你们一路的照顾。你们歇歇，咱就回返。"她笑着对奶奶说："大娘！杨总是下大雪那天出的事。当时，工地出了问题，不让他去他非去，还非要开车去，说是下雪前赶回来。到了工地，解决了问题，这时已经下起雪来。工地负责人让他住下，他偏不住，又非要回来。他这个人太犟，结果雪天路滑，车在拐弯的地方打滑掉沟里。车毁了，人也昏迷不醒。多亏他昏迷之前，挣扎着从车里爬出来，不然，后果不堪设想。"

"在医院抢救室昏迷了十三天，才清醒过来。真怕人！他还不让告诉家人。工地上有他个弟弟，我们要告诉顺义，他也不让。昨天大夫说病情稳定了，可以出院了，回家后进行康复治疗。他在城里没有亲属，我们只好把他送回来了。家里有人伺候好得快。在亲人身边他顺心，有利于他的康复。这里空气清新，菜食新鲜，比城里雾霾空气好得多。大娘！这一包是他一个月的药，内服外用的都有。上面我都写了用法用量。这是医院里的照片，诊断书。这一包是我给您买的一点礼品，不成敬意。请您收下！送他到家，他安心。我们放心！我们该走了！"

奶奶说："谢谢你们送他回来。马上饭时了，你们吃了饭再走吧，你们也尝尝俺们真正的农家饭。麻烦你们辛苦一趟，不吃饭俺心里过意不去！"

刘娜说："不用客气！大娘！公司事情太多，又赶上要过年，工人的工资还没发。还得回去赶紧筹措工资呢。路上杨总饿时，我们跟着垫巴了一口。大娘！不烦劳你了。"

刘娜扭着水蛇腰，迈着小碎步来到炕边，笑眯眯对顺义说："杨总你好好养着，不用担心公司里的事。我会亲自操作，亲自处理，你放心好了。山村里空气真好。环境也好。我都不想回去了，我会经常来看你。你一定养得棒棒的回来啊！"

顺义笑笑说："我没事！公司交给你了，一定要运作好。争到这个标咱可以挣一笔，今后就好发展了。"

"我也这样想的，没问题，一定按你的指示办。咱们谁跟谁呀，你放心吧！"说着刘娜对他使了个飞眼转身说："大娘！我们就告辞了。对了，这个给你，差点忘了。"刘娜从包里拿出一张银行卡，递给奶奶，说："卡里有十万块钱。您先用着，不够您打电话，我再送来。这个是杨总的包，旧的和汽车一起烧了。这是一款新手机，买给杨总的，插上卡就能用。这俩就是水冰和晶玉吧，都这么大了。来得太匆忙，下次一定给你们带礼物！把这次的也补上。再见！杨总再见。大娘您留步，外面冷，不要出来。"

说罢，刘娜领着人匆匆走了。

这里全家人围到顺义身边来。顺义头上、胸口、胳膊、腿上都被绷带包着，几乎成了木乃伊。

晶玉悄悄对哥说："哥！那个女的真漂亮！俺长大要有她漂亮就好了。"

水冰鼻子里冷冷地哼一声："一看她就不是好东西！美女蛇。"

晶玉也哼一声，表示不满意哥的说法。

水冰这时候想起树林说的话来，她当俺小娘？成吗？他俩不配啊。爹傻大黑粗的她能看上爹？尽管这些年爹白了很多，但他俩不配。水冰胡思乱想着。

奶奶心疼的看着儿子，说"你咋弄成个这样子！"

"没事，娘！车翻下沟时俺清醒着呢。俺拼命从窗口爬出来，爬到离车老远的地方，要不就和车一起烧了。儿子福大命大造化大，不然见不上你们了。"顺义怕娘担心，故意轻松地说。

"你呀！让娘操不尽的心。唉！老人说祸不单行。你爹走了，你又逛了一趟鬼门关。该出的事情都出了，该安生了吧。阿弥陀佛！俺一会到寺庙里求求观音菩萨，求她老人家保佑咱全家平安，不要再出事了。水冰给你爹倒杯热水，喂他喝，撵撵寒气。晶玉去小卖铺割块豆腐回来，你爹爱这一口。快去！"说完，奶奶又自语道："为甚出这塌天大祸，你杨家祖上没积德？还是你们哪里损了德！招报应了。"

"娘！俺想撒尿。"顺义低声说。

"你咋不对你儿子说！水冰听到没有？还不赶快拿尿盆伺候你爹？以后这事归你，你是儿子方便。"

水冰见爹伤成这个样子，心里止不住疼起来，把对爹的怨恨丢到一边。他默默地出去拿回尿盆，将爹抱起来放到盆上解了手。爹很重，他用最大的劲才抱起爹来。然后，他望着无奈又无助的爹，摇摇头，能说甚呢？只能默默地承揽这份责任，谁让他是爹呢。好在现在刚放假自己有时间伺候他，等开学爹大概就好了。

晶玉回来了，奶奶接过豆腐开始做饭。晶玉趴到爹一边看着爹："爹！你饿不饿？奶奶给你做饭呢。"

顺义慈祥地笑笑，抬起能动的胳膊摸摸她。晶玉也笑笑，走开了，她不习惯和爹亲亲热热。她看奶奶做饭去了。

直到第二天早上杨顺义起不了床，奶奶才知道他的伤有多重。胳膊和腿的伤都是小问题，关键是他从腰部以下开始麻木，不听使唤了。奶奶明白这才是刘娜送他回家的真正原因。

奶奶有些上当受骗的感觉，气呼呼道："你们公司的副总把责任推到家里来了。要说你这是工伤，应该把你送到大医院去诊治，那里的大夫经见的病人多。兴许能治好你的病。"

顺义说："娘！那公司是我的，她这样做是通过我同意的。好歹我是公司老总，当然我说了算。再说，医院里最著名的神经科主任给我主治的。大夫说世界上没有药物能治疗这种病，只能通过康复锻炼，通过中医药慢慢来恢复，所以我想回来让中医治疗治疗。才让他们送我回来的。"

顺义解释刘娜的做法，为她打着掩护。

奶奶说："好歹你是公司一把手，她就不能派两个人在医院伺候你？医院的条件比家里好得多，她有这个权力吧。你是不是让车祸碰傻了？再说，送你回来，派一个人来家照护你不行吗。放下你就走了，不知道你不能动？家里老的老，小的小，咋照护你？那个刘娜长得人模人样的，尽办没有人心的事。她就不能送你上北京去治疗？去了北京人家说治不了，俺也就歇心了。你就为了这样的公司员工连你爹最后一面都没见！你呀！真没办法说你。弄瘫自己，你们公司谁领情？水冰！快去把王大夫请来。让他看看！"水冰听话地跑走了。晶玉在旁边看着没有说话。

顺义不说话了。奶奶的话引起他的思想，公司交给谁他都不会放心，可公司里没有一个和自己贴心的人。三叔倒是自家人，可只是一个工人，没有权力给自己说话。早知道三叔一到公司，就封他一个副总就好了，现在也能帮助自己说话办事。现在他后悔不迭有何用？刘娜是自己一手扶植起来的，目前办事还可以。以后呢？一定会反水。知道她是一个只能利用不能长相依靠的人。可现在又能怎么办？他思考着。

不大一会，水冰就把王大夫请来了。

王大夫进门笑嘻嘻地说："顺义回来了！水冰说你伤得不轻。俺来看看。"

顺义笑道："辛苦你一趟。没那么严重，伤情这么重，一时的麻木是常有的。"

王大夫说："外伤会有麻木的感觉。你说得对。俺先给你号号脉再说，你把手伸出来。"

王大夫认真地望闻问切之后，又看了医院大夫的诊断，思忖一阵，对顺义说："顺义你的病真得很严重。你得重视，做好最坏的心理准备。照西医来说你终生瘫痪，无法治愈，控制得不发展就最好。然而中医认为有治愈的可能，中医的经络学可以将你的病治好。针灸是最好的办法，俺给你试试，你说咋样？"

"我回来就是为了让你给我治疗。医院里大夫给我讲了后果。我就想回来。我去中医院也看了看，人家用的是磁针，电针，一串一串的，还要接电。我感觉不靠谱！不如咱的银针扎进去牢靠。而且行针时那种中电的感觉是电针远远赶不上的。"

"看来你享受过银针的滋味，那感觉是无法形容。"

"我回来是专门请你治疗的，不管用什么方法我一定能承受得了。你放心大胆地治。不管什么后果我承担。"

王大夫说："俺用针灸打通你的经络，再服中药活血化瘀，用中药外敷洗泡，俺想一定会有效果，还要有你的积极配合才行。你要保持平和心态，甚都置之度外，不许生气，甚事都要忍！尤其不能暴怒暴气，那样最伤经络，最伤神。"

顺义虔诚地说："我听你的。借你的吉言圣手！把我的病治好我一定大礼相酬。"

王大夫："外道了。医生是救死扶伤的天使，俺一定尽全力。拿出平生的本事给你治病，治好了大家都好，治不好别怪俺。后事咱们再说，俺先开一个方子，让水冰到镇上抓药，镇上药味全。你今天先熟悉一下环境，服服水土，明天俺给你开始扎针。抓回药来，熬了一定喝完。"

王大夫坐到八仙桌边，仔细斟酌了一个药方，交给奶奶："你这里抓回药来就按俺说的熬好，给他服用敷洗。明天早上俺给他扎针。俺现在去给马奶奶看看病，俺走了。"

王大夫走了。

奶奶对顺义说："顺义啊！你一定听王大夫的！王大夫说的在理。心里甚也不要想，千万不能暴气暴怒。王大夫上到病根上了。经络血脉你一生气就运行不畅，运行不畅就郁结成病。"

晶玉说："奶奶！你甚也懂，一说一套。""是啊！活这么大岁数你以为白活吗？甚没经见过？也生过几次大病，都是王大夫他爹给治好的，久病成良医么。王大夫他爹是咱镇上治病的头一把手，谁病了先找他治疗，治不了才去医院呢。一般都能治好，几年前没了，都说医生不治自己的病。唉！人就不知道咋样活两天呢。水冰快去抓药。路上注意安全！"

"奶奶！俺也去！"晶玉急道。

奶奶看看她："去吧！俺娃也去溜溜腿。水冰领好妹妹，掉一根头发俺不饶你。"

水冰笑一笑说："听到了。奶奶去镇上有要买的东西吗？俺捎回来你就不用跑腿了。"

"没有。你乖乖的把药抓回来就行。领好妹妹，俺给你爹弄口吃的，他在城里飞酒炸肉吃惯了。俺都不知道给他作甚好。"

顺义说："娘！你们吃甚我吃甚，我口味没变。"

奶奶恨恨地说："你呀！让俺说甚好呢，你这是遭报应呢，让你作。"

在王大夫的悉心治疗下，顺义腿、头、胳膊的外伤很快痊愈了，下半身还是麻木不能动。顺义感觉好像好了一些，奶奶安慰道："慢慢治吧。病来如山倒，病去如抽丝！尤其这是个西医说治不了的病。"

十七

腊月二十六，晶玉娘回来了。她拉着提箱一进院，就看见水冰推着顺义晒太阳呢。

晶玉娘惊奇地问："你这是咋啦？咋成了这样子？出甚事啦？"

顺义低声说："出了车祸，下半身麻木无知觉。大夫说半身截瘫。"

"去北京大医院看过没有？"

顺义摇摇头。

"对方是谁？他们不管啦？"

"没有对方，是俺开车不小心掉沟里了"

"唉！你平时是个小心的人。开车咋不小心！水冰！奶奶呢？"

水冰想说话，看看爹在便把话咽了回去，指指正房。这时奶奶听到说话声掀开棉门帘，"晶玉娘回来了？快进屋。外面冷"。晶玉娘进了屋子。晶玉在炕上玩杏核呢，她怯生生地叫声娘，没像以往那样扑到娘怀里，扑闪着大眼睛看着娘。水冰推了爹随后进来。

晶玉娘笑着说："几天不见，俺晶玉长大了，懂得害羞了，快过来！娘给你们买了礼物。"晶玉娘一边从提箱里往外拿礼物，一边说："这个复读机和mp4给水冰，这个是俺晶玉的复读机，这件风衣给水冰，这件外套给晶玉。娘！这件雪中飞羽绒衣给你，你那件该扔了，娘你试试合身不。俺知道你腿怕凉，给你买了两条红外保暖裤，你倒替着穿，俺不知道顺义回来，所以没有给他买东西。"

"不知者不怪。给他买了一时也用不着。"

顺义笑道："我现在不能穿，过几天好了就能穿了。"

奶奶长吁口气，打量晶玉娘一阵说："闺女！你这次回来气色好多了，脸上有了血色。好！一看就是有精神的样子，娘喜欢你这样子。"

晶玉娘笑笑从手包里拿出一个首饰盒："娘！你看这是甚"？

她把首饰盒递给奶奶，奶奶打开一看："这不是镯子吗？"就是那只羊脂青玉手镯，三段玉琢磨了一下，用纹银包镶起来，银光闪闪煞是好看，三截青玉显得更加圆润饱满。奶奶笑道："这手工做得好，细致的让人以为当初就是这样子呢。你看还镂了花。你戴了给娘看看。"

"娘！你戴吧。俺打工用手多，没时间戴。娘你戴着试试。"

奶奶乐呵呵地把镯子戴上，眯着眼睛左看右看，说："俺戴着还正好呢。"

"娘你就戴着，等甚时不想戴了再给俺，反正俺也没时间

山花烂漫丛中笑 151

戴。"

奶奶晃晃胳膊说:"让俺先戴上几天。俺得让马奶奶知道知道,俺也有宝贝呢。那天去马奶奶家,马奶奶戴了一根细细的银镯子还让俺猜价钱,俺一下就猜中了。呆会俺也到她面前显摆显摆。"

晶玉说:"奶奶嫉妒心强,还嫉妒马奶奶。"

全家人笑起来。

奶奶说:"要不是你把镯子打碎,俺更能显摆呢。就这样也比她那只值钱。"

晶玉娘说:"这镯子眼下能卖一万多块钱。"

顺义说:"娘!让我看看甚镯子这样值钱?咱家有这么贵重的东西我咋不知道?"

奶奶递过去镯子,笑着说:"俺藏着来。你知道早拿去卖了。晶玉啊!你别着急。奶奶就稀罕几天,完后还给你娘。晶玉小心眼,怕俺不给你呢。"

晶玉说:"奶奶俺没有那意思,别冤枉俺。俺才不是小心眼!"

晶玉娘掏出一包小食品给顺义,让他尝尝。顺义拒绝了,说:"我又不是孩子,吃零食干嘛。"

奶奶说:"不识抬举!让你尝尝你就尝尝呗。还不要!"

"好好好!我尝尝。"顺义取一小袋打开,拈一块放嘴里嚼着,顺手把剩下的给了晶玉。晶玉给哥哥倒了一半,两人吃起来。

晶玉娘最后拿出一提脑白金说:"娘!你睡眠不好。俺给你买了脑白金。俺看先让顺义喝吧。过了年俺再去买来给你,好不好?"

"好啊!有你这份孝心娘就心满意足了。"

水冰说:"让爹和奶奶同时喝。这东西一天两天喝不完,再买了也赶趟。"

晶玉娘开心地说:"俺水冰说得对,你们同时喝就行。"

晶玉娘打开盒子,取出一瓶脑白金,倒了一量杯,先给奶奶喝完,又给顺义喝了一杯。

水冰默默地看着娘的所作所为,想:这哪是离了婚的娘?明明是和谐的一家亲么,要是他们没离婚多好。

晶玉从娘提箱里抓出一包牛板筋,高兴得直叫。"牛板筋俺的最爱。"她打开包,拿一小袋给哥哥,"哥!你尝尝"。水冰逗她,说:"都给哥!哥最喜欢牛板筋。你没虎牙咬不动。"

晶玉扭头说:"奶奶!俺哥说俺没虎牙。你快骂他!"

奶奶也开心地逗她:"你的牙哪里去了?还怕人说?好东西大家分享。不能一个人独霸。"

"奶奶你不说他说俺?"

"谁在理奶奶向着谁。"

"奶奶偏心。他是孙子俺是孙女呗。属俺爷爷待见俺!哼!俺去那个屋里吃去。"

奶奶说:"那屋没生火。""不冷!"晶玉气呼呼地去了东正房。

奶奶笑道:"都是她爷爷把她惯成小霸王,谁的话都不听

山花烂漫丛中笑 153

了。水冰去拿柴火把那屋火生着,你娘要住哩。"

水冰答应着,高兴的去院里抱柴火去了。

晶玉娘问:"娘!顺义的病大夫说甚来?"

奶奶说:"城里的大夫说半身截瘫,腰椎间盘神经阻断,药物和手术无法治愈。俺请王大夫给他针灸按摩。他感觉好一些。俺看没甚效果,俺想过了年,领他去北京看看。如果北京下了结论,俺也就歇心了。你说是不是?"

"是哩!娘说得没错,硬叫碰了别叫误了。俺和你一道去。娘!过年的东西置办好了没?明天俺去镇里买一趟?"

"买好了。鸡鸭鱼肉冰箱里满满的,厨房里还有。马奶奶给咱的羊肉一大块,齐全着呢。一会就切块羊肉,咱吃羊汤面。"

"行,俺做。等天气暖和一点俺把玻璃擦擦,咱也亮亮堂堂过个年。俺捎回来几幅对联,俺买的深蓝色的。"

"还是晶玉娘想得周到。好歹也是过年,咱不能不如人了。初一俺去庙里求柱高香,求菩萨保佑咱们全家安好。"

"好的!娘!家里的事情你交给俺,你得空歇歇身子。"

"行。你把顺义推的挨住炕沿,扶他站起来,他就能爬到炕里去了。他从早上坐上轮椅,到现在累了。"

顺义悄悄跟娘说:"娘!我想上厕所,时间长了怕尿裤子。"

奶奶张嘴就喊:"水冰!你参要上厕所。你先过来一下。"

晶玉娘拦住娘:"娘。俺推他去吧。"

154 / 山花烂漫丛中笑

奶奶说："俺怕你不方便。"

"方便。夫妻十几年有甚不方便的，俺知道咋弄。俺去城里一开始就当护工，当了几个月，俺熟悉。娘！今后这事情也归俺了，你别插手，水冰也不要管了，让他好好学习，明年考初中，别耽误了学习。"

"是啊。俺也是这个意思，可水冰不听。他怕俺累着。你们大人小孩都关心俺。俺心里真高兴！你们这是孝顺啊！"

晶玉娘说："都是娘教育得好。把水冰教育得特别仁义、懂礼、孝顺，比现在城里有的孩子好多了。俺同一食堂的姐姐家孩子，只会打电话要钱，从来不问娘咋样？那次他娘病了，他来要钱，逼着他娘拖着病身子到银行取钱，一点不管他娘的死活，自私得太厉害。"

说话间她伺候顺义方便完，照奶奶交的法子，把顺义推到炕沿，让他爬到炕里休息去。顺义由衷道："谢谢你！谢谢你啊！"

晶玉娘说："俺是看在娘的份上伺候你的。要谢你谢娘！"说着又转过脸对奶奶说："娘！你也该歇歇了。俺去那屋呆一会，一会俺给你做羊肉汤。"

奶奶心里乐悠悠地看媳妇去了那屋，她指点着顺义说："你啊！没有这个福分。"

晶玉娘来到东正房，屋里已经一团热气，灶火烧得红彤彤的。晶玉趴在炕火边看哥添柴烧火，脸上全是灰黑，猜也知道刚才帮哥烧火抹上的。

水冰见娘进来，冲娘笑笑，心里有些不好意思说话，点点头起身走了。

"娘！"晶玉站起来说："娘。你坐这里，这里可暖和呢，热乎乎的。"

晶玉娘一把揽过闺女来："娘看看俺娃变了没有。人都说女大十八变，越变越好看。看你的小花脸像甚哩？像个唱花脸的。"说着用手给闺女抹脸上的灰。

"这应该骂俺哥。是他抹俺的。"

"娘给你擦了，下地再洗洗，告诉娘想娘没有？"

"俺可想娘哩！俺爹让人送回来后俺更想娘！"

"小巧嘴！尽拣好听的说。怪不得奶奶总夸你呢。来！和娘躺一会。"

"俺不瞌睡。"

"娘跟你说说话。不是让你睡觉。"

"好吧！"晶玉躺到娘身边，面朝娘盯着娘看。晶玉娘也盯着她，幸福地微笑着。心说：闺女就是长大了不少。

晶玉眼珠一转，忽然想到个问题，张嘴问娘："娘！你和俺爹离婚为甚不告诉俺？怕俺甚哩。后来俺还是听树林哥说俺才知道。哥也不告诉俺。瞒俺作甚？"

看晶玉一本正经的样子，娘心里乐了，说："俺和你爹离婚是俺俩之间感情出了毛病。你还小，告诉你你也不懂。所以不告诉你！"

"感情问题俺懂！就是你爱他他爱你，和电视里一样呗！"

"把你能的，就这么简单？俺到这时候都不懂呢。小丫头！"娘说着乐起来，晶玉见娘乐她也乐起来，屋里喜气洋洋。

十八

腊月二十八离人回到家，这是杨村人的习惯，也是中华民族的习俗，过年前回到家是最幸福的事。这天，三叔回来了。老习惯，他带了一大包礼品来看奶奶和二哥。

寒暄过后，他告诉二哥："二哥！刘娜那人真好！年底给每人发了八千红包，还给预支了两个月的工资，说让大家好好过个年。红包人人有份，你那份俺捎回来了。给！也是八千。"三叔把一个大信封掏出来给了二哥，顺义随手递给娘，说："娘！你收着，这是年底红包。老三！我和你们一样多吗？他们中层高层呢？"

"这个俺问刘总了。公司上下一个样。刘总说今年体现公平，她也这么多。"

顺义疑虑重重，皱起眉头说："这不对啊？拿我的钱哄人心还不多给我一些？我问你公司有没有什么小道消息，有没有什么情况发生？"

三叔说："没有！公司里平平稳稳，一切照旧。雇的工队也都放假了，没有发生什么事情。"

顺义自思：奇了怪了，这不正常，很不正常。

"刘总还让俺带来话，说过了年不忙了来看望你。她心里一直记挂着你呢,看来刘总是个感恩的好人。俺一去时对你说她不是好人,俺看错了。"

"哦。"顺义应付着。心思早跑到公司去了!

"二哥你不用担心。你把身体养得棒棒的再去上班。俺在工地给你盯着。对了,刘总说今年正月二十开工。"

"哦,"顺义心中有种不祥的预感。他想现在任命三叔为副总,好给自己争到在公司里的发言权,可又不敢这样冒然。自己不在岗位,万一刘娜不承认,暴露了自己的底牌,以后更不好掌控公司了,现在只能静观其变。实在不行过了年就到公司坐着去,人在他们不敢公然抗命,先把管理权抓回来再说。那时候想咋办咋办,想到这里,他和三叔说道:"老三在这里吃饭吧,咱哥俩好好喝一杯。"

"不了。改天俺请你们一家到俺屋里吃饭,咱们一家人乐呵乐呵。二婶这是俺给你买的,不知你合不合心。"

"一家人还客气个甚!以后来家不许带礼物,见外!"

"行!以后不带。俺走了,再见!"

顺义问:"最近咋不见树林来玩了?"

"树林啊!前几天去他姑父家住了。又是放假,又是过年,俺让他去城里熟悉熟悉上学的环境。主要是让他和他姑姑、姑父熟络熟络,将来好在他姑姑那里上学。他姑姑没有孩子,早想让他过去俺一直不舍得。这不是要考初中了吗?他姑父是中学校长。俺正好借助他姑父的力量,让树林在城里把学上了,省不少赞助费。听说中学赞助费这个数呢。"三叔伸开五指示意一下。

"我说你咋使好心了。原来为了钱啊！"

"不这样找关系，俺得把盖房子的钱搭进去。要不俺帮你说说水冰也去？"

"不用！我有个同学是中学老师，我已经打好招呼。水冰考完试去她那里上学。"

"那好。俺走了。改天过来请你。"三叔走了。

一家人在祥和的气氛中开饭。

晚上，水冰躺到炕上，看着身旁的爹，那边是奶奶。晶玉搬过去和娘睡。他心里琢磨起爹的所作所为，他知道爹一定是外面有了小三。他没有对奶奶说，更没有对娘说。他现在还没有和娘说话，他对爹那是死了心。从爷爷的事情出来爹不回来，他对爹就一直耿耿于怀，对爹的崇拜和信服一点一点散去，对爹的话越来越怀疑。反之，对娘的感情回来好多，娘做事做得正。尤其对家人的伺候没得说！令他敬佩。加上奶奶和邻居们对娘的赞赏。他对娘有了新看法，敌视和反感消失的无影无踪，有时主动站到娘跟前看看有没有帮上手的事，心里希望娘指挥他干活。他心里有叫娘的冲动，但被自己压制住。他看看爹病成这样子，心里又是心疼又是可怜。爹好像没有一个朋友，回来到现在没有一个人来看他。这是什么情况？爹不孤独吗？他想着想着睡着了。

山村里的年另是一番景象，春联簇新，柏叶遮门。三十晚上一到天黑，家家户户祭过各路神，就把门口摆好的旺火点起来，一直烧到初一早晨。全村子灯火通明，鞭炮齐鸣，什么钻天猴、起火、二踢脚、震天雷，能响一夜，还夹杂着新式的烟火。礼花弹升天,把天空照得五彩缤纷。这些年随着青壮年进城打工,人们有了闲钱,为了来年的丰登、顺利、吉祥,他们舍得花钱买烟火来祝福,其意颇深。有祝福,有祈祷,有告别登新。

年初三,前响。水冰受命去给马奶奶送饺子,到了院子里没声音,进了屋里才发现马奶奶蜷成一团,躺在炕上,所有的被褥都围在她身边。屋里冻得伸不出手,被子外围放着便盆,一片狼藉。

马奶奶看到水冰呻吟一声。

"马奶奶你咋了?"水冰急问。马奶奶少气无力地说:"俺拉了一晚上肚子,你给奶奶倒些热水,奶奶渴坏了。"

水冰连忙放下饭盒,赶紧倒了水,喂给马奶奶。他看看毫无生气的屋子,自己穿着外套还冷呢,简直是冰窖,怜悯之心油然而生。他说:"马奶奶俺背你到俺家去吧。这屋里会把你冻坏!"说着没等马奶奶同意,他就找出棉大衣把马奶奶裹住,背起马奶奶向自己家走。一出院子门,顶头碰上村长。村长是来给马奶奶拜年的。

村长见状赶忙问:"水冰!马奶奶咋啦?病了吗?"

"村长大叔!马奶奶拉了一夜肚子,拉得起不来床,俺背她上俺家去。"

村长思寻一下,说:"好好好!先背到你家。俺去找王大夫,随脚就到。"村长风风火火地跑走了。

水冰将马奶奶直接背到东正房,放到炕上,喘着粗气告诉跟进来的奶奶和娘:"俺给马奶奶送饺子,没想到马奶奶拉肚子拉得起不来床。屋里火灭了，冻得像冰窖。俺就把马奶奶背回来了，先让她暖和暖和。"奶奶竭力赞同，她说："俺娃做得对！就应该这样！晶玉娘你去那屋倒杯水，拿一支庆大霉素来。快点！"

晶玉娘连忙照奶奶的吩咐拿来药和水，给马奶奶服下。然后她把马奶奶移到热炕头上躺着，给她盖了毛毯。

奶奶说："让她睡一会吧，好汉架不住三泡屎。一个八十岁的老太太更受不了。晶玉娘你在火上蒸一碗鸡蛋羹，软一些。一会喂马奶奶吃。"

正说着，村长拎着礼品，领着王大夫匆匆进来。王大夫二话没说就给马奶奶听诊把脉。听晶玉娘说喝了一支庆大霉素，他直点头说："很对很对。你马上冲一碗红糖水，加一些盐。给她喝，补充水分。她拉一夜，壮汉都受不住。现在让她睡一会吧。她的心肺没事，很正常。"

一屋子人都转到西正房来。村长笑眯眯地把礼物捧给奶奶，说："二嫂！过年了，些许礼物不成敬意。请收下！好几年没有进这屋子了。屋里还是老样子，一点没变，也不装修一下。攒那么多钱干嘛用？一分钱也带不走，别想不开！二嫂！身体还挺棒？"

"硬朗着呢！村长你进俺屋真令俺们高兴。"

"忙！村里大大小小事太多。忙得屁打脚后跟呢，这不今天抽空给孤寡老人拜拜年，正赶上这事。平时就是没有时间。"

"你比总理、主席还忙，主席还给工人们拜年呢。"

"俺哪能跟主席总理比！真是的。公鸡能和凤凰比？你不要抱怨。俺这不是来给你拜年了？哈哈！"村长打着哈哈。

"你是来看马奶奶的。又不是专门给俺拜年，俺可不领你的情！"

"搂草打兔子两全的事。不过，这两年确实走动少了，俺也六十了。有点时间就想窝在家里，不愿意出门。累！忙！"

顺义把烟递给村长，给他点上火，屋里人找地方坐下。

王大夫笑着说："晶玉娘听奶奶的话处理得很好，庆大霉素止痢最快，来的及时。只是一次最多喝一支，四个小时后才能再喝。马奶奶一会醒来，先给她喝糖盐水，补充体液。然后吃鸡蛋羹，慢慢补，这一夜小伙子都受不了。马奶奶身子骨够不错了，要不早昏厥过去了，那样更不好办。"

奶奶趁空问："村长你这是干甚去了？大年初三就忙上了？"

"可不么！俺趁今天有点空闲，在村里给孤寡老人拜拜年，看一看，送些礼物，也算俺一村之长对老人的关心吧。你们知道村里没有矿产，没有企业，也没有大款扶贫，穷得过年想给老人们发红包都发不起。年前镇里给介绍了一位大老板，要在咱村租块土地作养殖基地。如果这件事谈成，村里给在村里的人发个大红包。"

"俺知道这是镇长嫌俺每天找他烦。俺没办法，不找他村里的孤寡老人咋解决？就是每天找，找得他头疼也没有把老人们安顿好。唉！俺居心不忍哪。"

水冰说："村长大叔！俺有个建议。把村里人集中起来开个会，让有能力的家庭把五位老人认养起来，他们家里添副碗筷，老人也有人照顾，再不会发生马奶奶这样的事情。"

村长一听来了兴趣："你说甚认养？仔细说说。"

"就是发动大家主动认养，负责老人一天三顿饭，又能天天见面照顾。老人不用病到连口水都喝不上。"

"好办法！"村长一拍大腿："这么好的办法俺咋没想到？真是一句话惊醒梦中人。俺只想到老人没吃没喝没人照顾，天天跑镇上，养老院门槛都让俺踢破了。没床位，俺就找镇长，镇长看见俺就发愁。俺发愁的头发都白了。这个办法好，解决了村里一个大难题。要是村里真出了老人死伤的事，人们不知道咋传言呢。俺的老脸往哪里搁。好！水冰好想法。俺给你记一功。俺现在就回去仔细想想该咋办。二嫂！顺义！你们在着，俺回去办公。"

奶奶和他寒暄几句，村长风风火火的走了，王大夫跟着走了。

奶奶问："晶玉娘。鸡蛋羹好了吗？"

"呀！俺忘了。俺把这事忘得一干二净。"她跑到东正房，灶火上的蒸锅正吱吱喇喇响着。她急忙端下锅，取出鸡蛋羹晾一边。

炕上的马奶奶醒来了。

晶玉娘端给她糖盐水，马奶奶一口气喝完。这时水冰推着爹，奶奶、晶玉跟着都过这个屋子来。

马奶奶泪水直流，对奶奶说："妹子！俺上辈子烧了高香，这辈子遇上你们一家好人。真不知道说甚好！水冰救了俺

山花烂漫丛中笑 \ 163

一命。要是水冰今天不来，俺冻也冻死了。一晚上折腾的俺连翻身的劲都没有了，想喝口水都没有人给倒。俺心里说这下完了，死了也没有人知道。那时候真是一丝丝办法都没有，绝望地蹲在那里等死。多亏水冰来救了俺。"

奶奶说："别说了。这都是命，你们有缘。你把蛋羹吃了吧。"

晶玉娘想喂马奶奶吃，马奶奶接过碗："俺喝了药，肚里不难受了。又喝了糖水，身上感觉有劲了，自己吃。你是不知道，水冰背俺那时身上些些劲也没有，睁眼都不想睁。"

马奶奶香甜地吃起来。

这时村里的大喇叭响起来。村长广播让全村人到村委会集合开会。

奶奶说："这村长还是立竿见影，说话就行动。晶玉娘你去开会吧，你马奶奶就算咱家人了。"

晶玉娘笑道："娘！俺想把刘奶奶也认下来。她住得离咱家近，好张罗。行吗？"

"行！你不嫌累就行。"

"俺不累！不就添双筷子、一个碗吗？俺去了。"晶玉跟在娘屁股后边也去了。

马奶奶一边用勺子刮着碗底底，一边问："妹子！这又是开甚会哩？村里这些年一年也开不了几次会，今天大过年的，村长这是咋啦？"

奶奶笑道："好事情！刚才村长来看望你。水冰提出个好建议，说让有能力的家庭把村里的五保户老人认养下来。村长一听来了劲,开会就是为了这个提议。晶玉娘想把你和隔壁刘奶奶认养过来。你们以后的吃喝就归俺家管了,往后你就不用发愁没人倒水了,俺还能经常在你身边陪你说话。这是大大的好事吧?"

"是哩,大好事。俺没想到,临了临了还能过这样舒心的日子,和有儿有女一样。"马奶奶激动得流下泪来。

"咱赶上好时候了呗!水冰推你爹院里溜达去,俺去做饭。马奶奶你想吃甚?"

马奶奶笑道:"俺刚吃过,还没消化呢。"

奶奶笑笑,拿棵大白菜过来洗菜切菜,她知道病人该吃素淡食物,便准备做一锅粉条豆腐大烩菜,再加几片烧肉、几粒丸子。这几天大家大酒大肉吃腻了,都爱吃这个。

她一边做饭一边和马奶奶闲聊着。

中午饭时,晶玉娘才和晶玉回来。晶玉娘对两位老人说:"村长会上一个劲夸水冰,夸他出了个好主意。村长说他给镇长打电话。镇长很高兴,在电话里也表扬水冰。村长说认养这个主意不仅解决了村里的难题,也为镇里指出了一条道路。镇长表扬水冰后生可畏,说现在这样为老人,为公众而思想的年轻人太少了。镇长要树立水冰为榜样,还说过些日子来看水冰,还要在全镇推广这个办法,让全社会的老人都有依靠。娘!你孙子这下在全镇火了,是咱们镇上的名人了。"

晶玉笑着插嘴:"俺哥成了名人,俺也跟着沾光。俺也火了。"

奶奶心里像吃了蜜,特甜。她一时不知说甚好了。

晶玉娘接着说："娘！会上经过村委会讨论研究，决定了认养人名单，咱家是马奶奶、刘奶奶，三叔家认养了放羊老汉。放羊老汉和三叔家那边沾亲。村长还说这些老人的低保补助归老人们支配。来年开春，村里土地流转谈成，流转费用交给认养人主要支配。咱不能让好人吃亏，不能让认养人操心受累，甚至经济上也吃亏！"

"村长还安排说'老人们的早、晚两顿饭，可以让认养人送送。中午饭到认养人家吃，这样受养人可以出来走走，有利于身体健康。村长还说老人小毛小病就算了，有大毛病，村里可以临时调派人手，帮助照顾。娘！村长考虑得全面呢。"

"是啊！你以为甚人都能当村长啊！村长也是有水平的人才能当呢。"奶奶回头对马奶奶说："老姐姐，你听听。你呀就安心地在这里住着吧。等你身体好了，天气也暖和了，再回你屋去。如果你不想回去这里住着挺好，咱姐妹俩好好唠唠家常，说说话。"

马奶奶很激动，她说："俺谢谢妹子！谢谢你们！也谢谢村长！你们让俺老了又有了依靠！"马奶奶捂着脸哭起来。

"别哭别哭！大过年的。老姐姐你不要哭，不要哭乱俺的心。他们年轻人应该伺候咱们老人，应该孝顺咱们。你看！这是电视遥控器，你想看戏就看，想看电影就看。想听呢这里有收音机。你把这里当成自己的家，不要见外。这样也不枉咱姐妹一场。"

晶玉娘端来两杯水请两位奶奶喝。

水冰看着娘，心里感慨万千，寻思：哪里去找这样善良、孝顺的娘呢？转脸看看爹。爹坐在轮椅上，微微笑着，眼里是满满的赞赏。

晶玉娘笑盈盈道："娘！俺想和你商量个事。你看家里这么多事情，又有三个奶奶要伺候，俺想不再出去打工了。过了年俺领顺义去北京看看病，回来种种庄稼，尽够咱们生活了。咱就这样过好吗？"

"行！俺闺女想咋样咋样，这个家离不开你！"

奶奶同意晶玉娘的想法和做法。这个家没有晶玉娘会成甚样子呢？她不敢想。

顺义看家里生活理顺了，心里很高兴。家不要他操心，可公司的事情就让他担心得焦头烂额。刘娜从把自己送回来就没有再来登门，连个电话都没有打来。公司情况如何，没有人跟自己说。有时他绕到小卖铺打电话过去，可是没人接。公司咋啦？为什么不安排人值班？他真想租车到公司看看。又想公司没开工，去也没用，只好隐忍下来。他心里急切地祈盼公司不要出差子。那可是自己出去闯世界，打拼这么多年，费尽心血得到的所有报酬，那是自己的命啊！他每天让水冰推着他到村口转转，期望能看到自己想看到的身影，可是杳无踪影。

说话间，到了正月十五。这天晶玉娘到镇里买来元宵，中午在家里摆了一桌。她还把马奶奶、刘奶奶请了过来，一家人快快乐乐地围着桌子吃饭。晶玉娘煮了元宵。元宵应该晚上看完花灯吃，但她知道老人们中午多吃些没有关系，晚上不能多吃东西，对身体不好，于是中午就团圆了。

宴席上，除了水冰、晶玉说出对家人的祝福外，顺义也说出了对亲人的祝福。尽管他心事重重但也表达了心声。说话时他特意称赞了晶玉娘对自己的照顾、伺候。水冰很高兴，心说：爹早就应该这样表扬娘了。那话是自己心里也想说胆没敢说的话。晶玉瞪着滴溜溜的大眼睛盯着爹。爹咋啦？离了婚还说娘的好话？究竟离了婚没有？娘和爹回来生活一点没有变啊！爹的脑子是不是撞坏了，大人们会不会骗自己？

晶玉娘把白生生的元宵给大家盛到碗里，端上桌，说"大家尝尝这个元宵好不好？"

三位奶奶一起说："你快坐下吃吧，俺们都吃好了。"

晶玉娘笑着坐下来。

马奶奶笑着说："看到元宵俺想起一段故事，说给你们听听。"大家都竖起耳朵听。马奶奶说："咱这地方，你们都知道没有吃元宵的习俗。十五这天咱们吃年糕、喝酒、吃饺子。几十年前，公社分给咱村里三个插队生。俺家有空房子，他们就住俺院里了。俺和老伴和他们相处得很好。也是正月十五，插队生在城里过完年回来了，送给俺一包雪白的圆蛋蛋，告诉俺说：'这是十锦元宵，可好吃呢。大娘！我们特意给你们带回来让你们尝尝。'"

"他们走后，俺和老伴看着元宵，想着咋吃？老伴捏起一个元宵小小咬了一口，说：'不好吃！这面不知道甚面？发点涩。'俺拿一颗下嘴狠咬一口，咬到馅，说：'中间有馅呢，甜的。不像他们说得那么好吃。'老伴说：'人家好心老远带给咱，咱不能污了人家的好心。一定吃了它。'说完，俺两口子就把元宵都掰开，把馅吃了。那馅子一点点四方的。俺心里直埋怨城里人小气，一个里面搁一点点馅。馅很好吃，里面还有青红丝玫瑰。吃完了，俺悄悄把元宵皮喂了猪。"

"第二天，我们上地往出走，正碰上他们也往外走。他们问：'大娘！元宵好吃吗？那是城里最有名的《老鼠窟》的元宵呢。'俺笑笑说：'好吃倒是好吃，就是馅太少。把皮都白瞎了。'他们互相瞅瞅，笑着问俺：'大娘你们咋吃的呢？'我说：'掰开吃的！还能咋吃？'他们大笑起来。他们笑，俺和老伴也随着笑起来，心里说：笑甚哩。吃元宵好笑吗？小李告诉俺；'大娘！你不能这样吃。应该像煮饺子一样，煮三滚，连汤一块吃，那才又粘又糯又甜又香呢。或者油锅里一炸，味道才叫美。''吃错了？俺还说城里人小气包一点糖哄人呢。原来还得煮啊。'俺们都笑起来，老伴笑得猫下腰。那可是俺第一次吃元宵。"

"小李告诉俺们：'大娘！元宵的皮是用江米磨成粉。把馅料配好。然后放在笸箩里。馅料放在上面摇滚，一层一层沾上面粉，越滚越大。滚成这样大就好。大娘！这次没吃成，等过些天我们回去再给你买来。不过你们千万别剥开吃馅儿了。'"

"俺们那个笑啊！也就是从那时起咱这里兴起吃元宵，还是插队生领起头的。"

一家人都笑起来。属晶玉声音大，咯咯咯！咯咯咯！水冰也是开怀大笑，痛快地笑了一场。很长时间他没有这样痛快地笑了。

晶玉说："马奶奶真逗。又不是让你们吃山竹，还剥皮

山花烂漫丛中笑 \ 169

呢。"

"可不是咋地。不懂就问问,别怕丢人。这元宵多好吃,那时候真瞎了插队生的一片好心。现在俺想起来都会笑得合不拢嘴呢。"

刘奶奶在一边笑得眼里有了泪花,但没有说话。她就不爱说话。

奶奶说:"不知者不怪,吃着高兴就好。咋说你也是村里第一个吃元宵的人,值得骄傲。咱都快吃,凉了不好吃。"

大家快快乐乐地吃着元宵,笑在脸上,乐在心里!

俗话说过了十五才算过完年。一过十五外出的人就开始收拾行装,陆续离开家乡赶赴工作岗位了。

顺义和娘商量着要去公司,娘不同意,说:"不说公司没开工,就是开了工你也不能去。孩子!咱没有公司一样生活,何必挂着它呢。你这身体、脾气,去了万一遇到不顺心的事,心里一急,出个事咋办?不能去!"

"我真不放心公司。"

"不放心让三叔早一天去。看看情况打个电话回来不就行了。"娘态度坚决地阻止了他。他只好不去,但心里却分分钟钟放不下。

晶玉娘做了决定后,便把心和精力用到伺候一家人身上。每天做全家人的一日三餐,还给顺义按摩洗涮,尽心尽力地为家人忙碌着。全家人都赞不绝口,心里更是佩服晶玉娘的仁义孝顺!

尤其是水冰,心里变化巨大。娘的一切着实感动了他,使他一有时间就想往娘身边凑，按捺不住地想对娘说："娘！你是好人。你累了歇歇吧。"可男子汉的自尊让他开不了口，只好尽量做自己力所能及的事，减轻娘的工作量。

晶玉过了年变成羞涩的大姑娘了。尽管她只有八岁，却不再像以前那样叽叽喳喳小鸟似的说话了，也不像以前一天到晚傻乐和了，仿佛一夜之间长大了。她的变化与她的年龄极不相符。小丫头咋啦？娘不由地想！

顺义看着家里走向正轨的生活，心里高兴。可对公司的担心使他极度不安，想想对公司鞭长莫及，索性把这事放到一边。他心里又想起令他极度不安、内疚和后悔的事，那就是对晶玉娘的诽谤、诬陷和伤害。这不能见人的秘密让他安不下心来，只能以烟来解愁。一个劲地抽烟，每天呛得他咳嗽好一阵。奶奶心疼地说道："你不改掉抽烟的毛病，想走你爹的路啊！没出息！"随即下令每天三支烟。顺义再三央求，私下里还贿赂水冰、晶玉，可也得不到三支之外的烟。他只能眼巴巴地盼着有客人来，因为陪客时才能多抽一两支烟。

十九

三叔是正月十八走的。顺义对他千叮咛万嘱咐，一定把公司的情况摸清楚，尽快打电话告诉一声。三叔满口答应着走了。正月二十五他返回来了，一下车就一溜烟似地跑到水冰家来。晶玉娘推着顺义刚从村里溜达回来。

"二哥！二哥！不好啦！出大事了！"

"咋啦？出什么大事啦？你慢慢说，说清楚！"顺义说着把自己刚刚接到手的水杯递给他。

三叔喝口水，急着说："二哥你的公司没有了，让刘娜卖了。刘娜把钱卷起到国外旅游去了，也就是不回来了。"

"什么！"顺义又气又急，想跳起来可身子动不了，只能气地咬牙切齿，青筋暴裂。

三叔说："二哥！俺去公司报道，可没见一个人。从门缝里看到甚也没有了，一地烂纸，俺心说这不对！连忙打车到了工地。工地上人马全换了。一打听，人家说咱公司年前就把工程转包给他们了。俺没办法又回到公司附近住下，四处打听消息。那天正巧碰到给刘娜开车的小李，小李用宝马车跑婚庆。他告诉俺刘娜把工程转给了别人，把人员遣散，公司卖掉。刘娜把那辆宝马车顶了小李的工资。一个条件就是她要用车时随叫随到。小李说刘娜卷走上千万呢，对外说出国旅游，实际不回来了。"

顺义气得眼珠子都要蹦出来了，怒骂："婊子！混蛋！你不得好死！"话没说完，头向后一仰气死过去。

晶玉娘急忙使劲掐他的人中，急道："他三叔快去喊王大夫来，快去！"

三叔扔下背上的双肩包跑走了。晶玉吓得直喊爹，水冰拽着爹的手叫着爹。奶奶看情况不妙："水冰你别哭。快去喊你连生叔，让他把摩托开上。咱们得上医院！这刺激他受不住！"

水冰飞一样跑走了。

三叔和王大夫跑来。王大夫立马取出银针，一气给顺义头上、脸上扎了七八根。

王大夫说："婶子！情况不太好！得马上去医院。"

"俺已经让水冰去喊连生了，该来了。"

水冰冲进来。"奶奶！车来了。"

晶玉娘、王大夫、水冰、连生七手八脚地将顺义抬掇上车。

晶玉娘说："娘！你在家照护他们吧。俺和三叔去医院，有事没事让三叔告诉你们。"

连生开摩托把他们载走了。

奶奶拉着晶玉，说："别哭了！咱回家。唉！咱家哪辈子没做好事，老天惩罚咱家，这祸事接连不断。这是不让俺们活啦！"

王大夫安慰她："婶子，你放心。顺义这是急火攻心，怒气直达三焦，气血受阻，引起昏厥。到了医院打一针，吸上氧气就好了。俺只是担心他瘫病加重。"

奶奶道："辛苦你了！俺家一有事就叫你来，让你受累了。"

"这是应该的，俺是医生干的就是这个。俺走了，有事喊俺，别客气！"

奶奶娘三看着王大夫出院门，才进屋。马奶奶坐在东房门槛上，见他们进来，问："顺义甚情况？严重吗？"

"王大夫说没有大问题。一时的昏厥。顺义身子那么棒，

山花烂漫丛中笑 173

一定没事。你上屋里来坐,俺弄饭吃。你想吃甚?老姐姐!"

一伙人进了家门。

中午时分。三叔回来告诉奶奶:"二婶!二哥没有生命危险,进急救室打一针就醒了。大夫给输上液体。大夫怕出别的状况,让住院观察,因为二哥情况不一样。俺发现二哥说话不像以前利索了。二嫂让俺回来报个信,说晚上让水冰去医院一趟,顺便带些防寒的衣服。"

"好的。刚才吓得俺的心怦怦乱跳,一下子就背过去了。唉!他三叔你也看到了,真吓人呢。"

"俺也吓坏了,可俺不能不告诉俺二哥。"

"你说得对!早告诉他好,省得他揪心。俺问你,你说的刘娜是不是上次送你二哥回来的那个女人?妖里妖气的。大高个?"

"是啊!长得很美,蛇蝎心肠。俺年前以为她是好人呢,没想到这样歹毒。一下子就把二哥那么大的公司整个一干二净,没有给二哥留下一分钱!"

奶奶说:"上次一见面俺就觉得那个女人不一般,是个狐媚子,一身骚气。她把你二哥的公司卖掉就没人管啦?"

"有人管也得事主本人出面啊。比如请律师,上法庭。俺二哥不去可不行,民不告官不究,这是一个方面,还有就是……二婶俺就告诉你吧,不说也不是个事。"

"你说给俺,放心说。他们追究,俺给你做主。"

"俺二哥和刘娜有一腿呢。当初就是看上刘娜漂亮,二哥让她当了秘书。刘娜原先是公司财务的会计,当上秘书后就和二哥好上了。因为她，二哥和二嫂离了婚，这是以后的事。当秘书不久，二哥升她作了副总，主管财务。二哥主管人事、工程。二哥出差或开会不在，由刘娜全权负责。公司里刘娜说一不二，比二哥说话都管用。二哥没有好好了解了解刘娜，就把大权交给她。其实刘娜根本看不上二哥这个农民，看上的是他的钱和他的傻。主管财务后，她就为她自己铺后路了，一点一点转移公司财产。二哥傻乎乎地以为人家爱上他了，后来把公司全权交给刘娜打理。他只负责工程的应标争标，实权落到刘娜手里。公司被掏摸一空，这一次招标会时公司成了空架子。"

"爷爷走时，顺义确实在招标会离不开。那次争不来标段，公司就破产了。这次标段争到手，公司上下都高兴，起码工资有了。顺义给大家都提了工资，没想到出了车祸。顺义重伤不在，刘娜见机会来了，把公司卖掉卷钱走人了。年前年后短短三四十天公司就被卖掉，不是早有预谋能这样快吗？二哥被女色蒙了眼睛，甚也看不到。"

"不听人劝说，就相信刘娜的话。刘娜说甚他都信，结果落个倾家荡产，两手空空。二哥在江湖上也是一个精明的人，打拼这么多年，毁在一娘们个手上，二哥办事太荒唐。本来他在公司从不相信任何人，甚事都要自己操办，唯独相信刘娜。他这样的性格害他出了车祸。如果那天他让别人去工地处理问题，哪能出车祸呢！"

"要俺说刘娜还是存了一点善心，没有这点善心，再给他贷上几百万的债务，那二哥还得还债呢，二哥这是鬼迷心窍。"

"刘娜卖公司那是有全权主宰的权利的，没有谁能把公司卖掉。二哥的名章、公章、身份证都在刘娜手里。如果她还有二哥的委托书那打官司也赢不了，现在办个假委托书分分钟钟的事。"

奶奶叹口气说："听到了吧？你爹做的好事。你还恨你娘不？"

水冰愤愤不平地说："俺早不恨俺娘了。俺恨那个狐狸精！坏女人！再让俺见到她，俺上去就是几个大耳光。非打残她不可！"

三叔说："也怪俺二哥糊涂，为了一个骚货女人，亲手拆散了这么好的家。二婶这些事情都是俺去二哥公司打工，工友们私下告诉俺的。你也不要埋怨他骂他了，骂他他更受不了！他都成那样了，就不要怪罪他了。俺回去了，下午俺和水冰去医院。"

"你在这里吃一口得了。"

"不用客气，俺给树林娘打了电话，她做好饭等俺呢。走了！"

三叔悻悻地走了。

水冰拳头攥得咯吧咯吧响。奶奶知道他的心思，劝他说："这也不能全怪人家刘娜。怪只怪你爹贪图美色行不正，办事不机敏，不骗他骗谁？好好的家拆了，好好的公司让骗了。他这是犯桃花劫呢。你爹这错犯得改不回来了。唉！也该他命里没有。水冰！下半晌奶奶早些做饭，你吃了饭早些叫上你三叔去医院。"

"水冰啊！好好听奶奶的话，为人得有胸怀，有度量，能容人才能成大器！你爹心眼小，总怀疑别人，不重用真心对待自己的人，总以为别人贪图他甚东西。你看到了吧，自己的公司二十多个人，没有一个人来给他报信。如果公司里有人出面阻止卖公司，公司能卖掉吗？刘娜只能卖掉工程。你爹起码还能有个空壳公司。没有一个人为你爹说话，为你爹这样做。为甚？你爹小心眼！"

水冰心里也叹口气。奶奶说得在理，他只能听着，心里的怨火被浇熄了。晶玉一边悄悄听着，不说一句话。

下半晌，三叔借了摩托车过来，载了水冰去医院。晶玉也想去看爹，奶奶拦下她，说："明天一早你和奶奶去看你爹，今天别去，你爹没有甚大事。听奶奶的安排，马上要开学，作业没写完你不着急？快去写作业去。"

晶玉不情愿的随奶奶进屋写作业去了。

马奶奶看到家里发生了这么多事。怕自己给他们添麻烦，坚持搬回家去。奶奶无法劝说，只得让水冰扶马奶奶回去，并吩咐水冰把火生着，安顿好马奶奶。水冰把马奶奶送回家。家里一生火有了热气，而且天气不那么寒冷，温度渐渐上扬，屋里暖和起来。这是中午饭后发生的事情。

第二天一早。晶玉和奶奶坐摩的到了镇医院。顺义住五号病房，躺在二号床上，手上已经扎上点滴。晶玉娘看到娘俩很高兴地接待他们。

"娘！你们来这么早？等太阳升起一杆子高再出门多好，

暖和人不受罪。"

奶奶说："晶玉急着看她爹,早早就把俺闹醒,只好领她来了。"

晶玉嫌奶奶说她急着来,不高兴地说："俺能来!认得路,不用人领俺来。"

奶奶说："看把俺娃能的,谁说你不认识路啦?小丫头乖巧心眼多,和她爹一样小心眼!"奶奶说着话凑近病床,看看儿子的脸色,问道："你感觉咋样?"

"嗯……嗯……嗯!行……"

"你咋说话成了这样子?"

顺义困难地向外挤着话语："嗯……我……"

晶玉娘接住他的话："娘!大夫说急火攻心,气血阻止了语言神经,说话不利索。听着看着都难受。大夫说,活血化瘀治疗后功能能恢复。身上瘫痪部位没有发展,没有扩大,这就是好结果。"

奶奶说："没添新病就烧高香了。顺义!你把娘吓死呢。告诉你不能生气不能生气你还折腾自己。不就是一个公司吗?等身体好了咱再去挣,你儿子也大了,能帮你跑腿了。利用你的人脉关系还愁一个公司?别多想。好好养好身体是最主要的。"

顺义点点头。

奶奶回头对晶玉娘说："俺让水冰在家好好睡觉,今天晚上让他伺候他爹。你们两个倒替着,一个人吃不消。"

"俺能行。大夫说就三五天的事。过了三五天病情还是稳定,就能出院。"

"你老是嘴硬。你看不到，你瘦了好些呢。娘心里有数数，就这样定了。"奶奶又对儿子说："你要想得开放得下。不能生气，生气只能把自己身体弄坏，图甚哩。记住！有人才有一切。"

顺义急着说话："我…心…不…甘…"急得手直拍床铺。心里又急又气。

晶玉娘安慰他说："你不要激动，不要说话。娘说得很对。你甚也不要想，静下心来才行，有身体才能再去奋斗。好在你的人脉都在，不愁重新开个公司。你得听娘的话。"

顺义说不出话，只能点点头。

奶奶看着儿子憔悴的脸，心里由不得疼起来，轻轻拍拍他的头，长叹口气说："你啊！都是自找的，好好人家不过，让俺咋说你好呢"

晶玉娘拦住奶奶的话头："娘！你和晶玉没吃饭呢吧。俺领你到小吃铺吃麻叶、老豆腐去。那个铺子里做的麻叶脆生生的，老豆腐香喷喷的。特别好吃！"

奶奶起身说："这小子没有福气，没有那个命。晶玉！奶奶带你去吃，不要让你娘跑腿了。"

晶玉说："奶奶你不想让俺娘吃麻叶。"

奶奶笑道："说你是小心眼你还不承认。你不看看这碗里剩的是甚？就知道亲你娘，也不问问你爹病好了没。"

"俺刚才悄悄问了，俺爹说没事。"

"哈哈哈！"奶奶笑起来，"冤枉俺娃了！俺娃是个孝顺娃娃。"

晶玉娘也笑着说："出医院门左手第三家，味道正，好吃。"

"知道了，俺去尝尝。晶玉走。"

晶玉娘想了想说："娘！俺送你过去吧。顺义你注意一下，没有液体了按那个叫人的按钮："

顺义点点头，挥挥手。奶奶和晶玉娘、晶玉出了病房，说笑着去吃早餐了。

晚上，水冰回来替娘。晶玉娘吃完饭，坐到炕上。晶玉在炕里叼杏核。

奶奶问："晶玉娘！顺义真的没事吗？在医院俺没有问，怕顺义听到。"

"大夫说了没有生命危险，但说话功能不好恢复。"

"一个瘫子，又不能好好说话，简直成了废人一个。他今后的日子可咋过。"

"好好过呗，有俺伺候他呢。"

"唉！你们离了婚，你没有这个义务。你这样伺候他，俺知道你善良。可是时间长着呢，不能耽误你下半辈子啊！也不能让你守着一个废人过一辈子吧。"奶奶在拿捏晶玉娘的话。

"娘！你放心，俺下半辈子就守着顺义，守着两个孩子过了。"

奶奶欣喜地望着媳妇，心中在祈祷："老天爷眷顾俺，眷顾顺义，让俺们有这样一个好媳妇。菩萨请你保佑俺们一家人吧。"

晶玉忽然气愤地说："都怪那个狐狸精。等俺长大了，一定找到她，狠狠地打死她。谁让她害得俺爹瘫了。"

奶奶说："尽说孩子话，小孩子家家的懂个甚？以后大人的事你少插嘴。"

"俺甚也懂。俺甚也知道。只是俺不说出来。"

奶奶看她一本正经的样子，心里说机灵的孩子，嘴里却说："俺娃甚都懂。就是不晓得大人们说话小孩子不许插嘴。"

晶玉心里不满意，乜斜奶奶一眼不说话了。

奶奶真心诚意地说："晶玉娘！家里这样拖累你，俺心里怪不落忍的，你真的应该为你自己想一想以后。这可是娘的真心话！"

"娘！咱一家人不说两家话。俺虽然和顺义断了夫妻情分，可俺断不了亲人情分。俺有一双儿女，为了他们有个好的前程，俺也得守着这个家。家里这种情况，俺又认养两个奶奶。俺不能临阵脱逃，俺不能让人戳脊梁骨。"

"娘！俺是这样想的：家里的日常开销，有俺和顺义离婚时顺义给晶玉的抚养费，加上俺挣的足够了。俺呢把咱的地种好，够两孩子的学费，还有宽裕呢。水冰考初中正在节骨眼上，不能耽误他，也不能耽误晶玉，孩子是俺的盼想。你说对不对啊！娘！"

奶奶点头称赞："你想得对，做得好。俺想问问，顺义那样对你，你不恨他？你还这样照顾他，图甚哩。"

"俺就图给孩子们一个完整的家，图你对俺的好。要让孩子们安心学习，没有好的环境不行。虽然他们知道俺们离婚了,但俺这样做,营造一个和谐祥和的环境,让他们感觉和没有离婚一个样。俺就是再苦再累再受制也不能耽误这两个孩子的前程!"

奶奶抹抹眼泪,内心非常感动,说:"好闺女!你这样想就对了。顺义娶了你是他的福气。他不知道珍惜,自己作,作成现在这个下场,老天报应他呢!"

晶玉在一边默默听着。她对大人们的所作所为不太懂,但她知道娘不会离开自己,离开这个家,真是打心里高兴。她想说话,可奶奶刚刚说了自己,她不说了。

"娘!别说这样的话,顺义听了会伤心的。俺想现在顺义一定有悔改的想法,他会改好的,娘!你把身体打兑好,你就是俺的靠山。这个家没有你可不行,这个家全靠你支撑呢!"

奶奶瞅瞅晶玉娘,说:"杨家哪辈子修来你这么好的媳妇!俺为水冰、晶玉高兴,为这个家高兴!时间不早了,俺去端饭,咱吃饭。"

"娘!你坐着俺去端。晶玉!给马奶奶、刘奶奶送饭了吗?"

晶玉欢快地回答:"送了。俺刚进门呢。"

"好!咱也吃饭。"

二十

刚吃过饭,三叔两口子领树林来串门。树林一进门就拉着晶玉到一边，掏出一部新手机炫耀。

三叔告诉奶奶："二婶！明天俺送树林到城里念书去。他姑父说：'树林早过去好，早些熟悉学习环境，融入城市生活对他的学习有好处，这不回来时，他姑父给他买了部手机，还应承每个月给他交话费。要给了俺，俺还真玩不起。树林拿过来给奶奶瞧瞧！"

树林走过来把手机递给奶奶。奶奶看看说："这和顺义包里的手机一个样。从那天公司的人把它送回来，俺就没有拿出来过。"奶奶打开柜子门，取出包，掏出一个手机。树林拿过来一比较："真是一个牌子的手机。奶奶你咋不用呢，多方便。奶奶，手机没电了，开不了机，得充上电才能用。"

晶玉不客气地说："俺知道！俺家用不着手机。小卖铺就能打电话，可方便呢。"

树林说："手机方便，随时随地能打电话，还能玩游戏。好多游戏在里面，可好玩呢。"

晶玉狠狠地瞥树林一眼。不知道她为甚生气了。

"快充电。把俺的手机号输进去，俺马上就能和水冰哥联系了。哥说得对吧？"树林兴奋地对晶玉说。

晶玉冷冷地说："你才不是俺哥呢。俺哥是水冰，俺们不稀罕手机，稀罕早拿出来玩了。一个破手机显摆甚！"

树林："你！"树林被迎头浇了一瓢凉水。他尴尬得到一边摆弄手机去了。

奶奶笑着说："这孩子没礼貌，你咋跟树林哥说话呢？越大越不懂事了。树林你把你的手机号写在纸上，你水冰哥回来，俺让他打给你。你们这一走不知道多会回来呢。有电话联系方便。"

"嗯！奶奶！明天早上俺就和爹走了。告诉水冰哥，回来再见。"

三叔笑着和奶奶说："俺走了。有甚事情喊俺家的过来帮忙。二婶！这次去了城里俺一定留心。万一遇到刘娜，俺揪着她去派出所。给俺二哥讨个说法，为甚这样对待俺二哥。"

"难得他三叔侠义心肠，那样也好。遇上了给俺个信。俺也去会会她，心肠咋这样狠呢！俺们正说呢，晶玉娘以后不去打工了，就在家里伺候这一大家子人。她说孩子出息了，就完成她的心愿了。树林啊！上了城里一定好好学习，千万不要学你二叔不求上进，自甘堕落。"

"俺知道！俺娘和俺老子早训导过俺了。奶奶，水冰哥呢？"

"医院里伺候他老子呢。这下你们玩不成了吧？再和你哥偷鸡吃去呀？"

"二奶奶！"树林不好意思了。

全屋人都笑起来。晶玉咯咯咯笑得最厉害。

三婶说："说起来，俺还心疼呢。那是俺养得最大最好的一只鸡。树林你得好好向水冰学习。人家落了那么多课，考试还考第二名。你呢，才十名，再不努力，去城里也是白学！"

晶玉娘拉拉她，不让她说，怕伤了孩子自尊心。

奶奶深深地叹口气说："孩子们都长大了，一个个都飞走了。村里就留下俺们一群老白毛了。"

晶玉说:"不是还有孙叔叔,连生叔,很多人吗?"

奶奶摸摸她的头,说:"村里找四个人来抬柜子都难凑齐。这帮孩子只会上房揭瓦。"

晶玉说:"俺才不上房呢。俺哥会上房,几下就爬上去了。"

一家人乐了。

奶奶乐着说:"是哩!表扬你哥好哩!"

三叔说:"时间不早了,俺们回去了。二婶你可要好好保重啊!"

奶奶说:"会的。晶玉娘送送他三叔三婶。"

三叔一家人笑着告辞走了。

晶玉娘送出门,返了回来,说:"娘!俺今天和你挤一个炕吧。"

"好啊!咱娘三住一个屋暖暖和和。娘正想找个人说话呢。"

晶玉一听,咚咚咚地跑到东正房,把娘的被褥抱了过来,一下子扔到炕上。晶玉一下蹦上炕,要给奶奶、娘温被窝。她脱光衣服,钻进娘的被窝里,叫道:"娘!快点,被窝里可暖和呢。"

奶奶、晶玉娘会心地对视一眼,一起上炕。

奶奶说:"晶玉像她娘,做甚都利利索索,又快又好!"

晶玉说:"俺就是好么!"

晶玉娘批评她:"一点都不谦虚。"

灭了灯后。奶奶借着月光,给晶玉和她娘讲起她和爷爷相识相恋的故事。

奶奶说:"那是五十年前。那年俺二十岁,正是如花似玉的年纪,在村里来说是老姑娘了。其实是俺爹娘喜欢俺,让俺念完了高中,不是俺找不上对象,俺可不是剩女。说起来俺和她爷爷是前世姻缘呢。俺记得清清楚楚,那是一个夏天,俺们三个同村姐妹到马庄赶集。临走时,娘给俺十块钱,让俺抓只猪娃子回来,俺应承下来。那时十块钱算个大数数,抓个猪娃子后还有剩余,可以买零嘴吃。姐妹们高高兴兴地说着话,逛着集市。那时候的集市真是人山人海,而且卖的东西要甚有甚,五花八门,一应俱全。逛了一阵,我们来到卖猪羊活物的地方。俺掏钱准备捉猪娃。坏了!没钱了,钱丢了。俺也不知道钱是咋丢的,甚时候丢的。俺急得直哭。俺和两姐妹寻原路找回去,哪能找到。俺们一直来到村口,坐到石头上哭。俺哭,她们一块跟着哭。"

"这时候杨全宝就是他爷爷路过。他见三个大姑娘哭成一堆,心里奇怪,就问:'你们哭甚呢?'这一句话勾起了俺的冤枉,俺放声大哭起来。他问姐妹出了甚事?姐妹告诉给他。他看看俺哭得梨花带雨,哭得可怜,便动了恻隐之心。他从口袋里掏出仅有的八块钱,说:'这够捉猪娃儿了。你去买吧。'俺睁开眼看看,原来是一个相貌堂堂的小伙子。俺不好意思拿一个陌生人的钱,又捂着脸哭起来。他把钱塞到俺胳膊处,跑走了。俺睁开眼看到钱,可人早就不见了。俺当时非常激动,没有想到问问他的名姓,住址。"

"姐妹们高兴地拉着俺捉了猪娃,回村里了。"

"回到家，俺原原本本地把事情告诉了爹娘。娘说：'这么大姑娘了丢三落四的，这点小事都办不好。那小伙子是哪个村里的人？叫甚？''俺没有顾上问。''你呀！他爹！听这事情，小伙子一定是个好人。咱得打听到这个人。'听了娘的话，俺心里从此有了他。俺爹娘找人四处打听。方圆村子都打听遍了，找不到他。过了一年，俺二十一了，得找人嫁掉，不然高中生也没人要。俺急着找他，俺爹娘更着急。他们亲自去各村寻找，找了半年多实在找不到。娘对俺说'闺女！咱找个差不多的人嫁了吧，那个人找不到。说不定是外乡人。'俺只能点头应承。一天媒人介绍一个山村里的人，家庭情况很好。俺就听话的去见面。"

"当时你知道。媒人介绍两人见面，看见差不多就定下来。接着就送聘礼，摆酒席。哪里像现在搞对象搞个三年两载的。你和水冰爹不也这样结的婚？俺那时候虽然是个高中生，人又漂亮，但是没有搞对象的命，只能听天由命。俺去媒人家见的面。"

"哪里想到一见面，俺的心快蹦出来了。就是那个冤家！你说这不是命里注定是甚。他一见俺也愣了，旋即就同意。俺怀里像揣上了一只小兔子，那个激动，那个高兴，无法形容。没出十天俺就嫁进杨村。说时髦话，俺也是闪婚啊！"

"婚后，俺两说起这事都很开心。原来那天杨全宝把钱捐给俺，是看到俺哭得痛心，人又那么漂亮才心疼俺。他没有和姑娘们搞过对象，也没有和姑娘们深深相处过，塞给俺钱后羞得一路小跑回了家。想起没有问俺的名字后悔不迭，便又赶回马庄，可集市已经散了。他也是让爹娘四处打听俺的消息，心里发誓一定要找到俺，找不到不结婚。那时候的人多纯洁。后，来爹娘逼他相亲。他告诉媒人找这样一个姑娘，形容了俺的长相，并许以重谢。媒人听到有钱赚，也是跑遍了方圆百里。后来找到俺，觉得是，就让俺们见面。为此俺和他爷爷一道上媒人家去谢媒，带了一份大礼。"

"其实谁和谁成一家是一定的，当下错过了，以后也能找回去。"

"俺结婚后，更感觉他爷爷不光有一颗善良的心，还很大度、勤谨，是个大好人。这一过就过了五十多年！不像你们年轻人，过不上几年就离婚。现在不知道咋啦，风气不好。光咱村就离了五对。要说现在村里人是有闲钱了，可为甚不好好过日子呢，俺想不通！俺讲故事不是说你，你别往心里去。"

"俺知道娘不是说俺，俺不往心里去。外面的世界很精彩，外面的世界也很无奈。外面的世界诱惑太多太多，你无法想象。一个不小心就会走偏。像顺义这样的大有人在。娘！有时间俺领你出去看看！"

"好！俺也出去长长见识！"

"娘！你是好人，俺爹也是好人，两好合一好，所以你们过了一辈子幸福生活。俺好羡慕你们呢！"

"唉！就是没有管好儿子，一下子让你们离了婚。你们为甚离婚？说给娘听听。"

"娘！咱不说了，俺答应顺义不往外说的。咱睡觉吧。晶玉不知道甚时候睡的。"

"不想说趁你。那就睡。这把老骨头翻个身都咯吱咯吱响。费老劲呢。"

"俺帮你。"

"不用！得锻炼。不然真动不了就完了。老话说动为纲，素经常，很有道理，人不动几天就废了。睡吧，看俺晶玉睡得叫个香，还笑哩。在娘身边的娃娃就是幸福。睡哇，明天他们就开学了。"

晶玉娘也在看着晶玉的脸，心里涌着阵阵热浪。她转眼看看吊在窗外的月亮，那么清亮。她渐渐地睡着了。

冬夜里的山村真是宁静。

清晨，清新的空气使人感到凉意阵阵。病房里，水冰伺候爹穿戴好，坐上轮椅。顺义让水冰把自己推出去。水冰给他盖上条毛毯，推他出了病房。水冰将他推到住院部中间的小公园里，来到藤蔓拱成的长廊里。

顺义说："冷……冷……"

水冰道："俺告诉你天气冷你不听，非要出来，折腾人么。俺推你回去？"

顺义直摇头。"不……不……"

水冰思忖一下："俺回去给你把被子拿出来盖上。你等着！"

水冰跑回病房。

顺义望着住院部的门，好像盼着人来的神情。他身边住院的病人，陪伺人员都出来锻炼了，呼吸着新鲜空气，有的用人搀着，有的一个人走着，还有个老头在那边摸开了太极。院子里人还不少呢。

这时，晶玉娘提着早餐进了住院部，一眼看到顺义在长廊中间坐着。她走过去，说："你这么早出来不怕冷？水冰呢？"

顺义困难地说："等……你……我……等……"

晶玉娘说："俺推你回病房。院里冷别冻感冒了，大夫说千万不要感冒。"

"不……不……。"

顺义向外推她的手，不要回去。

这时水冰抱着被子跑来，忙给爹盖到胸前。他对娘笑笑，没有说话。

顺义一把抓住他的手，困难地说："跪……跪……你……跪下……"说着还用力拽他向下跪。水冰摸不着头脑，望望爹，看看娘，这是咋啦？发甚神经呢？

晶玉娘也坠入五里雾中，错愕着。她也不知道这是咋回事。

"跪……跪下……跪……跪……"顺义憋得满脸通红，眼睛直瞪着水冰。水冰无奈地跪下。

"跪娘……跪下……"

水冰跪着转向娘，娘看着不知道咋回事。旁边的人已经开始关注这里，视线都射向这里。

顺义理了理舌头，面红耳赤地说："替……我……替我……赔情……道歉。"

晶玉娘问："顺义！你这是要做甚？"

"扣……头……扣……扣头……"顺义向下按水冰的头。水冰给娘扣了一个头。"扣头……扣头。"顺义继续按他的头，水冰连着扣了十来个头。这时院子里的人都围了过来，不解地看着他们。

顺义放开手，水冰还跪在冰冷的地上。

顺义艰难地说："我……错了……对……不起……对不……起……我……和水……冰……说你……有了……别人……和我……离婚。让他……恨你。告诉……爹娘……让他……们看……不起……你！"

晶玉娘恍然大悟，说："怪不得水冰不和俺说话，不理俺，处处刁难俺。原来是你搞的鬼，你这个杀千刀的，心咋这样狠呢！你的良心让狗吃了？你咋能往俺身上扣屎盆子。当初是你有了狐狸精，逼迫俺离婚。你说俺不离婚，狐狸精就毁了你。俺想着孩子们，想着爹娘的好和你离了婚！你这个昧良心的。俺给你生儿育女，为你这个家操碎了心。你就不看俺的辛苦，不看俺的伤心！背地里还给俺泼粪！你个没天良的，咋能这样对待俺呢！"

晶玉娘越说越来气，越说越伤心。哇哇哭起来！双手捶着顺义的胸，大颗的泪珠落在地上摔得粉碎。

水冰从娘的哭骂声中理出了头绪，原来娘就没有变坏过！是爹变坏了。为了离间母子感情，还用如此下三滥的诬蔑来诬陷娘。从爹告诉自己的那一刻起，娘的形象就变成了坏人，变成不洁的女人。自己一直怨恨娘！恨娘薄情寡义无廉耻，一直慢待娘，憎恨娘，伤害娘，和娘对着干！他站起来，狠狠甩开爹的手，扶娘坐到一边的椅子上。他恨得直咬牙，真想过去扇爹几个大耳光为娘出出气。这个坏了良心的爹！咋能这样狠心呢？他瞅瞅爹，爹也泪水横流，鼻涕流到下巴颏下，一幅真心忏悔的可怜样子，让人恨不得怜不得。你这样对待俺娘，让俺咋样对待你呢？俺的亲爹。

转脸再看看哭泣的娘，鬓角的白发在冷风中微微晃动。曾经丰满圆润的脸庞这样的憔悴，身上瘦成一把骨头，还背着不洁不净的骂名。娘啊！真为你痛心！

想到这里，水冰泪水涟涟，止不住地往下流。他情不自禁地跪在娘面前，磕着头，痛心地哭诉道："娘！你别哭了！俺爹给你背黑锅！让你受尽委屈。俺爹他知道错了，后悔了！他让俺给你赔不是，俺赔给你。娘！俺自个也真心的给你赔不是！俺这些日子听爹的话，看不起你，不理你，还给你气受，都是俺的错！俺对不起你！俺也给你磕头赔罪。娘！原谅你不懂事不孝顺的儿子吧！"水冰说完，头磕得砰砰直响，磕疼了娘的心！晶玉娘连忙双手扶起儿子："儿啊！娘不怪你！不怨你！都怪那个昧了良心，丧尽天良的杨顺义！你起来！"

水冰站起来，眼泪汪汪，低声道："娘！咱回病房吧，这里冷，又有风，万一吹感冒了就不好了。娘！你不看僧面看佛面，不看俺和爹，看爷爷奶奶的面子，看晶玉还小的份上，饶恕俺父子俩的罪行吧。娘！咱回病房去。"

晶玉娘听到儿子发自肺腑的忏悔，心里真是痛彻心肺。水冰拉她站起来，她捂着脸走向病房。水冰对围观者嚷道："看甚哩！有甚好看的！"

人们议论着四散而去。

水冰恨恨地推起爹的轮椅,向病房走,一路上狠狠说道:"你是俺爹不是?竟能做出这样的缺德事来,败坏俺娘的形象,说瞎话骗人!你让俺说你甚好呢!害得俺无法面对俺娘。你这是伤天害理。"

"水……冰……我……错了……悔啊……悔……"

回到病房。晶玉娘慢慢止住哭泣,自己去洗把脸,说:"水冰!你回吧。今天晚上不要来了,白天好好上学,一定给娘考个重点初中回来。让娘乐呵乐呵!"

"娘!俺一定考个重点学校。你看俺的行动吧!"

"娘相信你。"

水冰在屋里转了一圈,没有出门。他怕娘不伺候爹呢。

晶玉娘问:"你咋还不走?"水冰看看娘,瞅瞅爹,没有说话。娘看出水冰的意思,长吁口气,拧了毛巾给顺义擦脸,恨恨地说:"你这个冤家。俺上辈子欠你的。不看儿子、闺女的面子,俺就不伺候你了。让你这个祸害自生自灭去。你个陈世美!喝水不?"

顺义点头:"喝……喝……我……心里……苦……"

"害了人你苦甚!换了俺高兴不过来呢!"

"害……亲人……苦。"

"你还知道是你的亲人?唉!"娘深深叹口气,给顺义倒了水,递给他。

水冰放下心来。他高兴地叫声娘,跑走了。娘望着他的背影,心里说:真是一个好孩子。

水冰一进屋门就高兴地嚷着,对奶奶说:"奶奶!俺娘是好人,不是坏人,是天下最好的好人!俺最好的娘!"

"你这孩子说话没头没脑。咋又高兴成这个样子了?你不是最恨你娘吗?"奶奶奇怪地问,手里一边给俩孩子盛饭。

晶玉最奇怪哥的转变。以前她一说娘的好,哥就反驳她,奚落她,两人为此生了不少气。晶玉还让哥气哭好几次,以至在哥面前她都不敢说娘的好话了。这是咋啦?哥大清早说娘好!

"奶奶!"水冰激动地说:"奶奶!刚才俺爹对俺娘说了实话。当着医院里那么多人,他让俺替他给俺娘赔情道歉,让俺给娘磕头赔罪。俺爹说俺娘有别的男人,是他胡说编排俺娘呢。实际上是俺爹有了小三,怕俺们和娘亲不理他,他才胡说俺娘二心!怕俺们恨他。他知道俺们小是小,可眼里揉不得沙子!容不得他办坏事!"

奶奶惊异地问:"你爹真的这样说了?你爹这叫办的甚事。坏人名声!欺负你娘!也不顾及十几年的夫妻情分,就这样昧了良心!要俺说他出车祸就是天在报应他。该!"

"俺爹也怕你和爷爷骂他,才编了这个由头,怕全家人反对他,让他离不成婚!俺爹硬按着俺给娘磕了十几个头。"

"你就在外头硬邦邦的地上磕头?俺娘对你多好,做甚都护着你,向着你,你还说她坏话不了?"晶玉插嘴说哥哥的不是。

水冰没有理会晶玉的话,继续说:"俺不光替爹磕了头,还给俺的罪孽磕了头,为俺的心磕了头。医院里好多人围着看

194 / 山花烂漫丛中笑

俺给娘磕头。"

奶奶心里很高兴，为顺义坦白真相高兴，为媳妇洗清冤屈高兴，也为两个孩子可以顺畅地生长高兴。她说："老话说，善有善报，恶有恶报。不是不报，时辰不到，这就是说你爹呢。你们看到了吧？车祸让他瘫在床上，公司让人卖掉，金钱让人掳走。这是你爹做亏心事的报应。你们还别不信！"

"信！俺信！信也不能把他扔到马路上吧！"水冰说。

"那你不也昧了良心？好歹他是你爹，不能那样做。奶奶说得是：光明正大做事，光明正大做人，要对得起自己的良心。做好事，做善事，做好人。"

"俺们知道！你和爷爷经常这样说。俺也要听娘的话：努力学习。考上重点初中、高中、大学。将来挣了钱好好孝敬娘，孝敬奶奶！"

奶奶笑笑说："你们应该重点孝敬你娘，那是你娘应该得到的。"

"奶奶！俺们听你的。俺们现在去上学，晚上俺早点替娘回来，让娘好好歇歇。娘现在又黑又瘦，让俺心疼！"

晶玉说："俺早看娘瘦了！早想对哥说，没敢张嘴。怕哥凶俺！"

奶奶笑道："看你那点出息。凶你你就不帮娘说话？没立场。"

水冰不屑地切她一声。

晶玉说："奶奶！俺哥就是不改！做了错事还嘘俺！"

奶奶笑道："俺看到了，听到了。你是好样的，没犯错。

你们都是关心娘，爱护娘的好孩子。快去上学！别误了。"

晶玉跑去拿书包。水冰告诉奶奶："今天开学报到。九点到校，误不了。"

晶玉提了两个书包过来，水冰笑着接了一个，跑走了。晶玉："等等俺！俺给你拿书包，你不和俺一道走？坏哥哥！"晶玉追出去。

奶奶心里乐开了花，水冰心里的结打开了，不用再为他操心了。顺义夫妻的结早晚一定能打开，咋样打开不管。他们是大人！

过了两天，顺义出了医院。大夫让他多做锻炼。王大夫还是给他治疗。王大夫有信心：顺义康复是有希望的。

奶奶很想知道顺义和晶玉娘是咋样离婚的，水冰和晶玉也想知道。晶玉娘有些话不想让儿女听到，怕影响他们父子的感情，所以一直没有说。

这天。奶奶趁水冰推爹出去遛弯时，把晶玉娘叫到西正房。

奶奶问："晶玉呢？"

"晶玉听说马奶奶家又养了一只羊，去看小羊了。要不咱也养一只？晶玉待见的不行。"

"快别养了。家里这么多张口的，够你忙累的了，再养只羊不把你累趴下才怪呢。晶玉娘现在已经说开了。你告诉俺你和顺义离婚的事。你原原本本告诉俺，不要让俺猜测了。"

晶玉娘说："其实也没甚好说的。"晶玉娘不想提起那些伤心的事。看看娘祈盼的眼睛，她还是开口说起来："那天，俺在班上正忙着工人们的饭菜，有位师傅告诉俺门口有人找。俺到门口一看是顺义！惊讶极了。'你咋来了？家里出事了吗？'他说：'家里没出事。是我有事情求你办。'俺放下心来。他说：'下了班去你宿舍说吧，我去周围转转。'他走了。俺想没出事他找俺做甚？心悬起来，俺心里是十五个吊桶打水七上八下。伺候完吃饭的工人，俺告诉头儿早走一会。出了食堂，顺义已经等在门口了。俺说咱吃饭去吧，他说不用，吃过了。"

"来到宿舍。姐妹们一听俺男人来了，打趣俺们一阵就都躲出去了。俺说：'你有话就说。甚事情？'他吞吞吐吐地说：'真不好意思说，可又不能不说，说了你不要生气。我办了件错事，逼得我不得不说。咱离婚吧。''甚？离婚？'真是晴天霹雳，俺惊呆了。他说：'我有了小三。她肚里有我的孩子，已经五个月了。她逼得我实在没办法了，才来找你求救。'俺哭起来，说：'不行！俺没有错误为甚和俺离婚？俺死也不离。'他一下给俺跪下来，说：'桂英！求求你。救我一命！你不离婚她会要了我的小命。她会把我整得身无分文，在城里无法生活。她说不是她死就是我死。一命兑一命。桂英！你不想看到我死在她手里吧。我求你了，我给你磕头。'"

"俺又气，又恨，又心疼。气他有点钱就找小三。恨他不遵守诺言，恨他花心。又看他五尺高的男人给俺下跪，又心疼他。他从来没有这样求过人。俺哭啊！伤心地哭！俺该咋办？娘！你说俺该咋办！十多年的夫妻情，抵不过一两年的婚外情！"

"他看俺光哭，咚咚咚地给俺磕头，一边说：'我求你了。求你救救我。桂英！我跪过爹娘，从来没有跪过别人。我给你跪下磕头。看在十多年的夫妻份上，救我一命。就离了吧。'俺看他同床十多年的男人这个样子，便心软了。离就离吧，反正这些年聚少离多，分居几年都没有在一块过个年。那就离了吧。可俺实在不甘心，俺哭着思考着。"

"他哭得鼻涕流着，泪水流着，跪在那里，俺心疼。扶起他来俺答应了他的恳求。要说俺半天之内就答应他的离婚请求，有些随便。谁家离婚不闹个三月五月呢。俺当时心太软，也真是傻！见不得男人流泪，只顾及男人的感受，没想过自己以后咋办！就答应了。其实他甚也准备好了，取出一张离婚协议让俺签了字。这事情就定了。"

"他出去住了旅馆。俺在床上盖着被子哭了一个晚上。第二天俺就和他回来办离婚手续了。"

"俺从家里回到了工厂。俺的心太疼太痛太累了，回去就大病一场。俺在床上躺了十几天，才又上了班。娘！俺那时真是死的心都有！只是放不下两个孩子，放不下你和爹，硬支撑着上了班。俺那时真是脱胎换骨再世修人。再后来，俺接到电话回来看护俺爹，俺总算撑了过来。"

奶奶在一边泪水就没有干过。她擦擦泪眼，依稀发现门外有人，问道："谁？谁在门外？"

晶玉眼泪汪汪地走进屋，显然娘的述说她都听到了。她扑到娘怀里大哭起来，母女三人哭成一团。

等水冰父子回来时,三人已经梳洗过了。晶玉重新扎了小辫子,但掩盖不了哭得红肿的眼睛。

水冰想问晶玉咋啦,一看奶奶、娘都一样的神情,便闭上了嘴。他只是催着娘做饭,转移他们的注意力。

"娘!俺饿了。晚上吃甚?俺吃完饭还要写作业呢。"

晶玉娘笑道:"别急!粥早就熬好了,就等你们回来烙饼呢。娘!你让顺义喝药,俺去烙饼。"说罢,她去东正房去了。水冰跟着娘过来,悄悄问:"娘!为甚哭了?"

"不为甚!你帮娘烧火。"

"嗯!娘!俺能猜到。一定是为了俺那不长进的爹呗。"说完,他便转身到院里抱柴火去了。

晶玉娘欣慰地看着他的背影,点点头,自语道:"真是鬼灵精!"

开春。晶玉娘在自己家地里种上了玉米和红薯。这两种作物不需要太多的人工。

院子里种满了菜蔬。有茄子、辣椒、西红柿、葱、韭菜。这些菜足够全家七口人吃用了。

村长说的话兑现了。那个老板占用土地建植物园。两位奶奶的流转金纳入水冰家正常开销之内,经济上帮了一个大忙。签约那天,镇长出席了签约仪式。

会后,镇长来到水冰家看望三位奶奶,着重表扬了水冰的农家认养老人的提议,解决了镇里养老的大问题。镇长还对水冰家人说:"镇里保送水冰上重点初中。一是水冰学习本身就好;二是作为奖励施行。镇里已经联系好学校。再开学,水冰

山花烂漫丛中笑 \ 199

就可以去重点中学上学去。镇里一定要重点培养这些胸怀大志的年轻人。"听到镇长对水冰的表扬,全家人都为水冰高兴。

三叔又回来一趟,是专门来接水冰去城里上学的。他和树林的姑父说好了,免水冰一半赞助费。听说镇里保送水冰上重点中学,他也就罢了,也算为二哥做点力所能及的事情吧。

金秋九月一号。这天一大早,推着顺义的晶玉娘,还有晶玉及三位奶奶把水冰送到大门外。连生叔开着摩托送他去学校。在水冰一再催促下,全家人才止住脚步,停下嘱咐,放他们走了。

路上,水冰坐在摩托后面,看着绿茵茵像地毯一样的庄稼,心里踌躇满志。他幻想着未来的前景,高兴地笑出声。